DIA DE MATAR PORCO

Charles Kiefer

DIA DE MATAR PORCO

dublinense

Porto Alegre — São Paulo
2014

Preparação
Rodrigo Rosp

Revisão
Julia Dantas e Rodrigo Rosp

Capa
Humberto Nunes

Foto do autor
Maíra Kiefer

Dados Internacionais de Catalogação na Publicação (CIP)

K47d Kiefer, Charles
Dia de matar porco / Charles Kiefer. — Porto Alegre : Dublinense, 2014.
112 p. ; 21 cm.

ISBN: 978-85-8318-050-0

1. Literatura Brasileira. 2. Romances Brasileiros. I. Título.

CDD 869.9368

Catalogação na fonte: Ginamara de Oliveira Lima (CRB 10/1204)

Editorial
Av. Augusto Meyer, 163 sala 605
Auxiliadora — Porto Alegre — RS
contato@dublinense.com.br

Comercial
Rua Teodoro Sampaio, 1020 sala 1504
Pinheiros — São Paulo — SP
comercial@dublinense.com.br

Ao Autor do EQM (Experiência de Quase Morte),
o que fez toda a diferença

Não como porco, porque
porco come qualquer coisa.
Ariosto Ducchese

1

“Só depois de compreender, e perdoar, o pai, a mãe e o irmão é que ele foi capaz de examinar o próprio passado sem complacência”, disse Helena.

“O’Neill era escritor, eu não sou”, respondi.

“Dramaturgo”, ela disse.

“É a mesma coisa”.

“Acho que não. No cinema e no teatro é ação pura, o tempo inteiro. Um romance requer descrições, conhecimentos de história, de economia, de sociologia”.

"Tens razão", concordei para não alongar a discussão. Roteirista de cinema e televisão, dramaturgo, poeta, contista ou romancista é tudo a mesma coisa. Pensei mas não disse. Já pensou se a gente sempre dissesse tudo o que pensa?

"Escreve a tua história. Só assim poderás sentir algum alívio, encontrar alguma justificativa, compreender um pouco o absurdo todo".

"Não quero fazer nenhuma *Longa viagem noite adentro*", eu disse.

"Gosto quando fazes isso".

"Isso o quê?", eu perguntei, fazendo de conta que não tinha entendido.

"Trocadilhos", ela riu.

Será? Não seria só uma ambiguidade? Um *calembour*? Frase de duplo efeito? Que figura de linguagem é essa? Um jantar tranquilo, depois de uma excelente peça de teatro, vale mais que um embate conceitual. Nunca sei se uma discussão com Helena resultará em mágoa ou sexo.

"Gostei da peça", eu disse.

"Eu também. Acho que o Luciano Alabarse está maduro. É a melhor *Medeia* que já pisou no Theatro São Pedro", ela continuou.

"Sem a Sandra Dani o resultado seria diferente...".

O rosto de Helena se anuviou, mas ela também evitou discutir. Trocou de assunto. Falei na Sandra para provocar. É impressionante, mas a gente não consegue deter a língua. Helena, que eu saiba, não gosta de nenhuma atriz gaúcha. Mas adora todos os atores. Por que será?

Já no carro, a caminho de casa, Helena retrucou a um comentário que eu fizera há uma hora:

"Fantasmas não precisam falar. Aliás, diz uma amiga minha, espírita, que eles são *proibidos* de falar...".

"Bobagem", eu disse. "Fantasmas não existem".

Mas, se não existem, o que foi que eu vi?

No princípio, não a reconheci. Supus que fosse uma enfermeira velha, que viera aplicar-me outra injeção, obrigar-me a tomar mais um anti-inflamatório ou analgésico. Apertei o botão a minha direita e o leito subiu, deixando-me quase sentado. A saliva pastosa e amarga enojava-me e voltei-me na direção da mesinha de cabeceira, onde havia água, a uma distância impossível de ser alcançada. Eu precisaria de ajuda e Helena ainda dormia no sofá à esquerda. Preferi permanecer com o sabor amargo na boca ou recorrer, então, à desconhecida, parada a alguns metros de distância. O quarto estava mal iluminado e a manhã reproduzia a desgastada metáfora de Homero, da aurora com seus dedos rosados. A janela abria-se para um grande estacionamento, e os primeiros ruídos da avenida distante já começavam a reverberar em meus ouvidos. Através da cortina entreaberta eu podia divisar um pedaço de céu esmaecido, um céu cinza que avançava para um azul em que se misturavam tons de amarelo, vermelho e violeta.

Mexi as pernas e a dor surgiu, espalhando-se desde os quadris até as pontas dos dedos dos pés. Estou vivo, pensei, e senti uma alegria intensa. As coisas, desde o momento em que deixei o Centro de Tratamento Intensivo, adquiriam um outro significado. Eu mentiria se dissesse que as sentia como novas, não eram. Exceto a dor e a náusea, nada indicava em mim alguma transformação. Pensei em Isabela, Mariana e Helena. Às três mulheres, agregaram-se os meus amigos, os meus clientes, os meus alunos, um vastíssimo universo. O mundo alargava-se, expandia-se, e o mais importante, continuava em incessante movimento. Não, eu não estava morto, como imaginei ao acordar-me diante do sorriso enorme de um enfermeiro negro, que foi meu primeiro contato com o mundo dos vivos. Faço esta separação platônica porque, de alguma forma, compreendo hoje que visitei o mundo dos mortos, ou imaginei tê-lo visitado, ou fui visitado por ele, ou criei a fantasia de ter recebido a sua visita. Confesso, entre tantas outras coisas, não ter mais certeza de nada. A *physis*, aquilo que não pode deixar de ser, e a metafísica, que a ultrapassa, são mais complexas que a minha arrogância e o meu desejo. Li *Ser e tempo* e *O ser e o nada*, e outros tratados de filosofia, e nenhum deles me convenceu.

A velha moveu-se em silêncio e aproximou-se de meu leito. Então, com o semblante à outra luz, e mais próxima de mim, pude reconhecê-la.

Era Beatriz, minha mãe.

— Por que vieste me visitar com esse vestido? — perguntei, com a vergonha típica dos tolos que ascenderam socialmente. Usava o mesmo vestido de riscado com que me acostumei a vê-la na infância, vestido que usava para lavar roupas, fazer comida e ir à roça, ao final da tarde.

Ela sentou-se na borda da cama e não percebi, naquele instante, que seu gesto destruía a rígida ordem de causa e efeito em que está assentada a solidez do mundo e da razão. A cama era de posição elevada, para facilitar o trabalho dos enfermeiros e médicos, e minha mãe teria que ter usado os braços para escalá-la. No entanto, sentou-se ao meu lado com naturalidade, a sorrir, e sorriu com a doçura com que criou os treze filhos e as dezenas de netos e bisnetos que estes geraram.

Recordei-me que estava morta havia anos. Meu cérebro acostumado a buscar sempre uma resposta plausível fundamentada nos pressupostos do pensamento lógico-racional encontrou uma explicação para o fenômeno — aquilo era uma reação química, produzida pela anestesia, somado à culpa que eu sentia.

Circulei os olhos pelo quarto, passei uma das mãos sobre o lençol e senti sua textura macia. Adiante, em linha reta, uma televisão estava dependurada no suporte. À esquerda, junto ao sofá em que minha mulher dormia, havia uma poltrona e, sobre ela, uma revista qualquer. Olhei para as coisas demoradamente, como que esperando despertar do sonho. Mas ela, imóvel, a minha mãe, a minha indefectível mãe, morta e enterrada, continuava ali.

— Perdão — tentei me explicar.

Quando minha irmã avisou-me de sua morte, decidi não ir. Depois que voltei dos Estados Unidos, fiz contato com Lenita, que trabalhava num restaurante, em Santa Rosa, cidade próxima de Pau-d'Arco, onde nossa mãe morava. Ela mantinha-me informado sobre os eventos em torno da família. Arlindo adoeceu, Luís viajou, Lírio perdeu um filho, Laura trocou de marido, Luísa tentou suicídio. Uma ou duas vezes por mês, Lenita visitava a mãe, na casa da colina. Convidei-a para mudar-se a Porto Alegre, para trabalhar comigo, na lanchonete, eu precisava de alguém de confiança. A porca engorda é com o olhar do dono. Ou dos parentes do dono, quando não são ladrões.

"Aí tem violência demais", ela me disse, e preferiu continuar assando costeleta de porco em Santa Rosa.

Mantive o silêncio fúnebre no dia da morte de minha mãe, não comi, não bebi, chorei muito, mas permaneci na capital. Agora, diante dela, ou de meu delírio, arrependia--me. Ela, no entanto, sentada próxima as minhas coxas, apenas sorria, e nos seus olhos eu não encontrava um traço sequer de reprimenda. Fitava-me com o mais doce e carinhoso dos olhares que tenho notícia em minha vida. Se a paz e a ternura tivessem tradução, se uma metáfora pudesse transportar o significado desses dois termos, tão ausentes no mundo dos vivos, eles ali estavam. Não sei quanto tempo ficamos nos olhando naquela manhã espectral — eu retornado de um colapso hemorrágico que me fizera nadar por algumas horas no Estige; e ela, expulsada por alguns segundos do Hades, de onde não deveria ter saído. Ela não falou, mas falei eu. Disse-lhe mais algumas coisas, que hoje não consigo recordar. Até que minha voz despertou Helena, que se ergueu do sofá e perguntou:

— O que foi?

No mesmo instante, minha mãe desapareceu.

— Nada — eu disse.

O conselho de que eu escrevesse um romance fermentou em algum lugar disso que chamamos consciência, alma ou espírito, e o que era uma possibilidade distante, uma provocação de Helena na noite em que vimos *Medeia* e em que derivamos para O'Neill, dramaturgo que me fascina, transformou-se em obsessão. Por alguns meses, tentei fazer um grande painel sobre o tema, dividido em cinco partes, em que se misturavam história, sociologia e noções descosidas de literatura, mas falhei completamente. O material resistia, o barro de moldar escapava-me das mãos. E então, num dia qualquer, a luz se fez.

— Escreve uma autobiografia — eu disse a mim mesmo.

Graciliano Ramos, ao fazê-lo, confessou-se oprimido pela sintaxe, perseguido pela Delegacia de Ordem Política e Social, mas eu, que vivo em tempos mais democráticos, confesso-me acossado pelas forças contraditórias da minha própria linguagem. Uma potência centrífuga, libertária, quer dizer as coisas como elas surgem no pensamento, sem as ordenações da gramática e as sugestões da etiqueta; e, a outra, centrípeta, reacionária, esforça-se por dizê-las com correção e beleza. Ao camponês que já fui pouco agradavam as sonatas de Mozart, até ser capaz de compreendê-las. Hoje, permito-me o luxo de ouvir, com sincero deleite, o cancioneiro regional. Tanto sou capaz de apreciar a sofisticação musical de um Beethoven quanto a melancolia de um Catulo da Paixão Cearense, o barroquismo de um Bach e a rusticidade de um Gildo de Freitas. O que não suporto são artistas que comem sardinha e arrotam caviar. Confúcio disse que nenhum homem pode permanecer por muito tempo na ponta dos pés. Desde que saí do hospital, abandonei os sapatos de solado alto e retornei, humildemente, aos chinelos de dedo.

— Escreve a tua própria história — eu dizia a mim mesmo, diante do espelho, todos os dias, ao fazer a barba.

Quatro anos já se passaram desde que saí do hospital em que estive internado por treze dias, após um colapso hemorrágico; e três, desde que comprei as terras de minha família, em Pau-d'Arco.

Acordei faz pouco e aqui estou, pisoteando a lama, girando em círculos, mastigando os próprios dentes. Choveu muito ontem à noite, e chove ainda, por isso não saí a fazer a minha caminhada regular.

Nos últimos meses, abandonei as atividades no escritório Ducchese & Advogados Associados, que mantenho com Mariana, a filha mais velha, formada há cinco anos, e com Helena, minha atual esposa.

Nossos negócios vão bem, obrigado. Se a estrutura é eficiente, andam sozinhos. Enquanto as sócias-proprietárias velam pela nossa empresa, posso dar-me o luxo de fazer de conta que sou romancista.

— Nossos escritores não conseguem abandonar o campo, não se urbanizam nunca — disse um crítico local, guardião feroz dos valores universais, num fragmento de palestra que ouvi sem querer, numa dessas livrarias da cidade que oferecem livros e conversa inútil, em suspeita venda casada. Felizmente, desde que passei a fazer compras pela internet, livrei-me desses embusteiros.

A literatura, em nosso meio, é um excelente pretexto para a ilustração de questões sociológicas ou políticas. Na província, a qualidade estética pouco importa. Estamos sempre à procura de fantasias. Comemoramos a derrota militar de nosso separatismo caboclo com feriado estadual, cavalgadas e discursos demagógicos. Em nosso museu de coisas insignificantes, temos espaço para as botas de um gigante negro, uma espécie de Golias pampiano; temos lugar para as espadas enferrujadas de abigeatários; e para os vestidos impolutos de noivas pouco ilibadas.

Num tempo em que novas obras literárias brotam com a rapidez dos cogumelos de verão, que importância terá a minha, tão descarnada, tão exígua, tão demoradamente construída? O que veremos, após a publicação de meu livro, serão duas ou três resenhas a destacar minhas impropriedades culturais, algumas omissões e outras clivagens sócio-históricas. Aqui, na província de São Pedro, judeus só podem escrever sobre judeus, alemães sobre alemães, como se a expressão literária fosse sempre — e somente — uma questão de identidade étnica.

Às vezes, conformado já com os dentes amarelados, com as manchas escuras na pele e a progressiva queda de cabelos, indago a mim mesmo como fui capaz de evitar as minas, os alçapões e as armadilhas que me esperavam a cada encruzilhada. Como foi que eu, um camponês ignorante e pobre, transformei-me num profissional liberal e proprietário de bens imóveis, que me darão uma tranquila aposentadoria? Um estava no outro — caroço na fruta? Ou no madeiro antigo enxertou-se um ramo exótico, que produziu fruta nova?

Sou um tronco rijo, difícil de vergar, é verdade, mas entalhável — se o formão estiver em mãos hábeis e pacientes. Helena, nestes últimos anos, tem se mostrado uma excelente marceneira. Um pouco brusca, às vezes, quando encontra um nó mais persistente. Por outro lado, eu próprio fui me marchetando, podei os meus excessos, alisei as minhas arestas. Mas ainda hoje, embora mais enfeitado e mais comedido, se agredido ou injustiçado, o cerne de cabriúva se revela, e o colono duro emerge sob a pele.

A genética e a história conspiravam para que eu não passasse de um sem-terra, ou de um vendedor de agrotóxicos, um apontador de jogo do bicho, um fotógrafo de festas e casamentos nos grotões de Pau-d'Arco, mas eu me rebelei contra o determinismo das forças biológicas e sociais. Um homem tem o direito — e o dever — de recusar-se ao papel secundário que o destino quer lhe impingir, mas deve preparar-se para pagar o preço de sua ousadia. Os deuses, como sabemos, vendem quando dão. E, um dia, é preciso compensar a fatura.

O desejo de ascensão social fez de mim um verdadeiro cigano, a morar em muitos lugares em busca de melhores oportunidades de trabalho. Talvez venha daí a sensação que tenho de que não sou mais que visita, de que estou sempre de passagem. Trago, impressa em meus genes, a síndrome do migrante: a eterna esperança de encontrar a terra prometida, que não se alcança nunca, e a saudade irredimível da terra natal, que nunca se teve. Sei que este estar-entre, este ser-em-viagem, esta angústia do deslocamento jamais se pacifica. Talvez por isso eu goste tanto de quartos de hotel, pensões, hospedarias de estrada — a eles não me apegarei, deles recordarei apenas um instante, acrescentado já à grande caravana de pousadas em meu caminho.

Por que não fui destruído, como tantos de minha geração?

Acaso? Destino?

Quando eu estava a um passo de colher os frutos de meus esforços, quando a fase de acumulação primitiva já havia sido concluída, quase coloquei tudo a perder, quase me permiti sofrer uma parada cardíaca fatal em minha própria cama, longe dos médicos, máquinas e remédios que me poderiam salvar. Ou foram, exatamente, poderosas forças obscuras que me induziram a um meio-suicídio?

— O senhor devia ter cagado no consultório e mostrado ao médico o sangramento no vaso sanitário — disse-me Jéferson, um dos atendentes da CTI, como se fosse a coisa mais natural do mundo.

Apenas arregalei os olhos.

— E aí — continuou o enfermeiro que se tornaria um bom amigo nos dias elásticos da recuperação —, com uma nova intervenção feita a tempo, não teria sofrido o colapso...

Por que não me ocorrera esta solução, tão simples, tão humana, tão genuína? Que força era essa que nele transbordava e em mim faltava tão vergonhosamente? Eu a conhecia, ela já estivera comigo, mas eu a extraviara. Durante uma semana, enquanto perdia mais de dois terços de meu sangue, não fui capaz de invadir o consultório do meu médico e provar-lhe que *eu não estava exageran-*

do, que o sangramento era significativo, que precisava de uma *segunda* cirurgia. Jéferson, que não consumira a sua vida sobre velhos livros de filosofia e direito, sobre o Código Civil, o Código Penal e a Constituição, teria entrado no consultório e resolvido o problema com sua própria *obra*. E eu, que tanto estudei, que tanto discursei nos tribunais, nas cátedras e nas mesas de bar, esperei a morte em casa, cheio de resistências, não queria parecer grosseiro, não queria desrespeitar a autoridade de um profissional de outra área. Ainda lá, ainda na sala de recuperação, dei-me conta de que eu precisava entender melhor esse processo de autoaniquilamento, de que eu precisava me reencontrar, para não repetir o mesmo erro. Também compreendi que a única forma de não fazê-lo seria falar sobre o assunto, elaborar a compulsão, explicá-la a mim mesmo. Procurei ajuda psicanalítica, mas, incapaz de desnudar-me diante de uma desconhecida, incapaz de acreditar no método terapêutico, criei tantas resistências que o tratamento não funcionou. Helena fez-me ver, ainda que indiretamente, que se o que eu precisava era falar, que eu falasse comigo mesmo através da escritura autobiográfica. Além de tornar-me escritor, ainda poupava uns caraminguás em consultas.

Ainda lá, na CTI, enquanto o enfermeiro cobria-me com pesados cobertores, eu soube que, se sobrevivesse, processaria o doutor e escreveria, depois, um tratado jurídico sobre as espinhosas relações médico-paciente. Advogados são assim. Tão onívoros que devoram o próprio sangue, a dor, as fezes, para regurgitá-los na forma de processos. Sim, eu sabia que faria alguma coisa com tudo aquilo, há muito tempo vinha cultivando o desejo de escrever sobre a minha vida, ainda antes da sugestão de Helena eu pensava no assunto, mas não queria cair no biografismo, supunha necessário preservar minha imagem pública. Confessar que vira um fantasma, e mais que isso, confessar que uma ilusão pós-operatória me abalara tão profundamente poderia arruinar minha carreira no tribunal e na Universidade. Eu não me dava conta de que o simples uso de um pseudônimo resolveria a questão. Ou até mesmo de um homônimo. Em "A carta roubada", de Poe, a exposição excessiva é a chave do segredo. Quem daria crédito a minha história? Brincadeira de mau gosto — murmurariam todos a minha passagem.

Sempre imaginei que minha vida daria um filme, ou um estudo sociológico, mas nunca pensei em escrever ficção. A literatura me parecia uma coisa sem importância. O que são quinhentos leitores num universo de quase duas centenas de milhões de pessoas? A escrever romances e contos, preferi dormitar após o almoço, fazer longas caminhadas; preferi ler os grandes clássicos da história, da poesia, da ficção, da economia. Preferi gastar, enfim, o meu tempo com atividades mais produtivas. Não causará espanto, pois, que eu também confesse as dificuldades técnicas que comecei a enfrentar assim que digitei as primeiras linhas. Sou capaz de fazer petições, relatórios, pareceres, ensaios, qualquer texto que exija tirocínio, exatidão e clareza, mas nunca havia tentado a ficção. Acostumado a redigir minuciosas peças processuais, idealizei um grande romance histórico-documental, que se dividiria em cinco núcleos dramáticos. Ao conjunto, eu chamaria de *Suor no rosto*, pois trabalhar foi o que mais fiz na vida. E colocaria como epígrafe da obra o versículo bíblico em que Deus lançou sobre os homens uma maldição assim que os expulsou do Paraíso:

— Comerás o teu pão no suor do teu rosto.

Depois de malogradas tentativas, decidi contratar um amigo, metido a escritor, professor de escrita criativa, para que me desse algumas aulas de composição literária. Bastaram-me duas conversas, no Restaurante Galo, que serve um excelente bacalhau à moda do Porto, para compreender que ele não tinha as condições necessárias para executar a tarefa. O Espírito assopra aonde quer, esta é que é a verdade, a simples e dura verdade, como foi dito por Salomão, ou pelo seu escriba. Para transformar em ficção as memórias de um homem comum, que não foi general, nem ditador, que não foi um grande cientista, nem um gênio do futebol ou da música, é preciso algo mais, algo que não sabemos bem o que é, algo que não pode ser ensinado nem aprendido. Não adianta imaginar, como imaginou o meu amigo, que o livro pudesse ser um pastiche de *Dom Casmurro* ou de *São Bernardo*. Tanto quanto sei, não fui traído, não induzi nenhuma de minhas mulheres ao suicídio e não tenho inclinações homossexuais, como o Bentinho[1]. Antes pelo contrário, ensinei às minhas mulheres a administrarem melhor as

[1] A hipótese da traição de Capitu não me comove. Traído Bentinho foi, mas inversamente. A esposa deu ao amante o que ele, Bentinho, não conseguiria lhe dar, por mais que quisesse. Hoje, uma cirurgia de troca de sexo resolveria o problema. Ah, as contradições da cultura, da biologia e dos avanços tecnológicos... (Nota de Ariosto)

suas vidas, incentivei-as a perseguirem diplomas e países distantes. Muita fralda eu troquei, muita mamadeira eu esquentei para que elas pudessem estudar. Investi meu tempo e meu dinheiro para que elas deixassem de ser dependentes de meu tempo e de meu dinheiro. Meu amigo, com sua formação deficiente, fruto dessas desastradas *novas pedagogias* que são aplicadas em nosso país com a eficiência dos chás para emagrecer, esqueceu-se de *Grande sertão: veredas*, que podia ser acrescentado à mistura que resultaria na tal narrativa sobre a minha vida.

Assim, do mesmo modo que Bento Santiago, Paulo Honório e Riobaldo, trato de fazer, *sozinho*, a minha história.

Agrada-me a ambiguidade da frase. De fato, fiz — *sozinho* — a minha história. É justo, pois, que, sozinho, eu a escreva, e com as vírgulas assim, esquartejando as orações. Fiz e refiz algumas destas páginas dezenas de vezes. Não afeito ainda à nova linguagem, prendia-me a minuciosas descrições. Ao contrário do Direito, ciência que exige que tudo esteja no texto, a ficção, segundo os manuais que andei consultando, requer vazios e ambivalências. Construí, como já disse, na primeira versão, uma longa narrativa, que principiava com meu nascimento, em Pau-d'Arco, e que se armava, depois, em capítulos longos e descritivos, vazados numa linguagem empolada e tautológica, capítulos que repassavam todos os anos de minha existência, cinquenta e três, um a um, linearmente. A cada releitura, fui destruindo algumas páginas, até que não restasse pedra sobre pedra e o grande mural da minha vida se reduzisse a pedaços, entulhos de construção. E, das ruínas, surgi eu, *me ipsum*, Ariosto Ducchese. Agora, a nova obra está erguida em dois planos: alguns andaimes a contar o meu passado; e outros, o meu presente. Depois de desistir do grande painel, e com as sobras da antiga construção, fiz um pequeno chalé. Destruí a primeira versão com a mesma dor com que derrubei a casa em que nasci. Hoje, sobre o ônfalos amaldiçoado da minha terra natal, onde nunca pousaram as jandaias, começam a vicejar paus-d'arcos, canjaranas, guatambus, alecrins, perobas e timbós, e que em trinta ou quarenta anos renderão bons dividendos às minhas filhas; e sobre estas páginas, produzidas com grande lentidão, grassam emoções, memórias, desejos e ilusões que não terei mais o cuidado de ocultar de mim mesmo. Ao público, estarão veladas — pois Ariosto é um nome falso. Além do prazer de entrar numa livraria para comprar meu próprio livro, poderei fazer ácidas críticas a seu respeito. É uma arrematada bobagem, direi aos meus alunos, mas interessante do ponto de vista jurídico. Poderei propor até seminários de leitura para discutir o *decurso de prazo* e a *extinção de punibilidade*, entre outras questões legais que aqui se apresentam.

Às vezes, depois de reler o que já escrevi, eu me pergunto o que me trouxe, mesmo, a este computador de última geração e a esta sala refrigerada, com janelas tão amplas que permitem uma vista panorâmica da cidade.

Catarse ou orgulho?

Para que eu próprio entenda a minha história, preciso narrar as circunstâncias, o contexto e as variáveis de minha vida sem autoindulgência. Escrever é sangrar, é triturar ossos, é salgar feridas? Por que escrevo? Por necessidade psicológica? Por vaidade? Por dinheiro?

Que os terapeutas e os críticos literários façam as suas sábias ilações.

Todo necessitado é um miserável, um indigente. Saddam, na forca, não teve necessidade de compaixão. Encarou o destino, e seus executores, sem fraquejar. Vi o brilho de ódio nos seus olhos, antes que o soldado lhe cobrisse a cabeça com o capuz. Se você, desocupado leitor, como diria Machado de Assis, não viu o enforcamento de Saddam, faça-o agora, para entender melhor este parágrafo. Se este fosse efetivamente um romance pós-moderno, teríamos aqui ao lado, à margem da mancha tipográfica, um link com o endereço no YouTube[2].

Assim como Saddam, não tenho necessidade de compreensão alheia, mas reconheço que o simples fato de dizer, ainda que para mim mesmo, que não participei do crime produz uma suave aragem em meu espírito. Meu orgulho e desejo de glória, vencidos pelo interesse comercial e acadêmico e pelo medo da exposição, não poderão ver as palavras de meu verdadeiro nome estampadas nas capas do livro, claramente expostas nas gôndolas das livrarias.

Hoje, as facilidades tecnológicas possibilitam a qualquer semialfabetizado imprimir-se com destaque no frontispício de uma obra, mas esta não será uma autoedição. Ou encontro um editor disposto a bancar os custos, um

[2] Gostei da ideia do narrador, embora o autor relutasse em convencer-se da propriedade desta nota. Eis o link: http://www.youtube.com/watch?v=8RMdQljm1xI. O que eu, editor, vi nos olhos de Saddam não foi ódio, mas medo.

editor disposto a introduzir-me com dignidade no sistema literário, ou minha história ficará inédita. Talvez, um dia, algum neto utilize estas páginas para rascunhos de desenhos e garatujas. Espero que o faça sem ler, que esta autobiografia não é para menores.

Não escrevo para os fantasmas do passado, mas para as minhas filhas, no futuro, impelido por um imperativo ético. Quando chegar a minha hora, não quero assombrar ninguém com meu espectro, como fez a minha mãe.

Embora eu digite no teclado do computador, faço cópias em papel. Gosto de retocar o texto, como se o acariciasse. Mantenho as linhas bem espaçadas, como fazíamos, eu e meus irmãos, nos anos 60, na hora de fazer lavoura nova. Uma carreira de milho, outra de abóbora ou melancia. A vegetação rasteira das cucurbitáceas, entre as fileiras de gramíneas altas, formava uma rede protetora contra a erosão do solo. As culturas alternadas geravam um torreão menos ressequido, menos sujeito a pragas, mais rico em umidade e microrganismos, que se tornava um criadouro de pequenos insetos, frequentado também por nambus, preás e lebres. Depois, viriam a soja e a mecanização, a monocultura e sua multidão de problemas, os inseticidas, os adubos, as colheitadeiras, os bancos, os empréstimos e o êxodo. A página escrita num processador de texto parece-se com um campo de soja, linear, simétrica e sufocante. No teclado, as palavras são mecânicas, sempre iguais. À mão, elas me lembram outros instrumentos de trabalho.

Edgar Allan Poe imaginou tornar-se milionário com *Eureka,* a obra mais estapafúrdia que escreveu, conforme declarou ao seu editor. Quis imprimir centenas de milhares de cópias. Felizmente, o editor não o atendeu e rodou uma edição minúscula. Até mesmo essa edição foi grande, diante do reduzido número de exemplares vendidos.

Também eu sonho vender milhares de cópias de meu livro e receber grandes proventos com direitos autorais. Ironicamente, comprarei mais terras e plantarei mais árvores nativas. Além dos lucros com a venda da madeira, hei de angariar dividendos morais com o musgo da ética ecológica. Já prevejo a homenagem que receberei, na Câmara Municipal de Vereadores de Pau-d'Arco, por conta de meu *espírito empreendedor e visionário*. Mas o mais provável é que este livro seja um fracasso, que os exemplares embolorem num galpão de estoques. Mesmo assim, exigirei de meu editor a numeração dos exemplares, como se fazia antigamente. Se forem 42, 72 ou 613 os livros vendidos, vou querer saber.

Vaidade?

2

Sacrifício, renúncia e determinação produziram sobre a minha pele uma fina camada de esmalte civilizador, e é isto que, a rigor, permite-me o luxo — porque é um luxo — de reconhecer-me ainda um *colono*. E aqui, o que alguns tomarão por modéstia, é uma ardilosa ironia.

Estas mãos que hoje empunham requintadas canetas Mont Blanc e silenciosos teclados de computador já manejaram a foice, o machado e a faca de matar porco. Dizer que me senti como um cachaço mal-capado, que sangrava por falta de cuidados na sutura, depois da primeira internação, não é exagero, e nem a metáfora é tão estranha. Ao menos não para mim.

Basta uma estocada certeira e o animal tomba seco, com um berro só, e morto.

Esta lembrança, como o palhaço expulso da cena, sempre retorna à minha memória, e retorna também a sensação de prazer e medo com que eu entrava no chiqueiro, de faca em punho, e reafirmava, diante dos outros, a minha hombridade. Mais que a imagem do metal penetrando a carne branca, o que renasce em mim é a sensação do sangue morno escorrendo pelo punho ainda fechado. Enquanto eu não sentia o espasmo final, a contratura que atravessa o corpo inteiro do bicho e que se expressa numa rápida sequência de coices das patas traseiras, não aliviava a pressão do afiadíssimo punhal, e tombava, às vezes, junto com o porco ferido no chão da pocilga.

Para ingressarmos no restrito e implacável mundo dos homens, nós, eu e meus irmãos mais jovens, imberbes e assustados, éramos obrigados, pelos mais velhos, a sangrarmos os porcos com as nossas próprias mãos.

De onde eles tiraram aquilo? O que pretendiam? Ou era tão rudimentar a sua consciência que sequer percebiam a dimensão da brutalidade? Ou aquilo, naquele meio, onde animais são animais, apenas isso, seres à disposição dos homens, não era violência? Preparar os meninos para as lides agrárias, e para a vida, era tão natural quanto plantar a semente na estação certa. Aos treze anos, nós, os *piás*, como nos chamavam, depois da matança do porco estaríamos maduros para o mundo, largaríamos as saias de Beatriz e das irmãs mais velhas. Tanto que, no primeiro fim de semana após a carneação, recebíamos o salvo-conduto para frequentarmos os bailes e as quermesses, para fazermos outras coisas, namorar, fumar, dizer palavras chulas e cultivar um ou dois hectares de terra em proveito próprio. Nelson plantava abóboras e melancias, que vendia na cidade. Sétimo utilizara o seu quinhão para criar um belo pomar, onde cresciam centenas de árvores frutíferas, e Valdir, atento aos novos rumos, trouxera de Pau-d'Arco sementes selecionadas de soja, que passara a cultivar num trecho de roçado novo, atrás do bosque, na direção da tapera.

Por que se matava no chiqueiro? Por que não se arrastava o animal para mais próximo da água fervente? Ah, lembro-me agora. Para apanhar o porco de surpresa. Arrastado, ele percebe que será imolado. Berra, esperneia, ataca. Como os homens da família eram muitos, oito, incluído Dante, meu pai, o corpo mole e gordo do porco morto rapidamente estava sobre a mesa de carneação.

Uma estocada só, firme, na curva da paleta dianteira direita, com força suficiente para que a ponta da arma atinja o órgão vital, assim é a coisa.

O aparecimento do fantasma de Beatriz, no hospital, inventado pelo meu inconsciente, produzido pelas drogas que foram despejadas nas minhas veias, ou efeito de um poder de além-mundo, fez crescer em mim o desejo de reconstruir aqueles dias perdidos. E o desejo trouxe a saudade da casa da colina, saudade do potreiro, dos pomares, das hortas, dos jardins, de tudo, absolutamente de tudo. Até da soja, que cobriu as nossas terras com seu infinito tapete verde e rasteiro. Às vezes, no recolhimento de uma audição musical, quando me enrosco em mim mesmo feito um gato angorá, eu me pergunto se os colonos da minha terra se dão conta de que o que eles vendem aos chineses, aos norte-americanos e aos russos na forma de grãos é água? Sim, é água o que os outros compram. Para produzir soja é preciso muita água. E água, hoje em dia, já é produto raro. Vender soja é vender água. Comprar água-soja de países distantes e atrasados é preservar os próprios recursos naturais.

Ah, os sábios chineses e suas barbichas longas e afiladas...

Durante a década de 30, em consequência da modernização produzida pela revolução getulista, houve um surto migratório em direção ao Alto Uruguai, a noroeste do Rio Grande do Sul. Numa dessas levas, meus antepassados, que viviam nos municípios de Caxias do Sul e Bento Gonçalves, transferiram-se para Pau-d'Arco. Um *novo país* estava nascendo, e ele precisaria de novos produtos agrícolas. Na época, não se pensava em crescimento sustentado, equilíbrio ecológico, vacum rastreado. Era preciso colocar abaixo as milenares canafístulas e canjaranas e plantar mandioca, feijão e arroz do seco. A soja, que transformaria completamente a estrutura fundiária daquela região do Rio Grande do Sul, viria bem mais tarde, na década de 50.

As terras vermelhas do planalto médio central eram férteis, bem servidas de rios e afluentes, e muito baratas.

A região, escassamente povoada, precisava de braços para o trabalho de desmatamento e ampliação das lavouras. Tenho saudade do cheiro de madeira recém-cortada por motosserras ou serras-fitas das madeireiras, e isso que nasci em 56. Um dos trabalhos de Dante, meu pai, quando criança, era o de sentar-se sobre as toras de cedro e molhar o longo serrote manual, para que o calor da lâmina não emperrasse os movimentos de meu avô e de meu tio na hora de produzir dormentes para os trilhos da ferrovia de Santa Rosa. Muito anos depois, para economizar com passagens, eu percorria o trajeto entre Cruzeiro, bairro onde morava, e o centro de Santa Rosa, onde trabalhava, a pé, exatamente sobre aqueles trilhos, assoviando e sonhando em viver num grande centro urbano.

Da cobertura vegetal, que era quase completa, pouco restou. Hoje, as terras altas estão transformadas num infinito tapete de soja. Com a fauna e a flora devastadas, a região, agora, sofre com as estiagens, os temporais violentos e as invasões de colonos sem-terra.

Antonio Ducchese, meu avô paterno, havia sido músico em sua terra natal. Músico de conjunto, trompetista de banda, artista de bailes, festas e quermesses. Com suas performances, economizou dinheiro suficiente para comprar uma colônia de terras em Pau-d'Arco. Terras que quase nada valiam, recobertas por florestas inúteis, infestadas de animais perigosos e formigueiros diligentes. Quase ao mesmo tempo, meu avô materno, Lindomar Müller, que também fora músico, comprava terras a quatro quilômetros de distância das terras da família de meu pai.

De um lado, herdei notas de flauta e trompete; e de outro, acordes de violão e violino. Ainda hoje, para serenar o espírito, ponho-me a ouvir (com fones de ouvido, para não gerar problema em casa) demoradas sinfonias alemãs e óperas italianas, mas nunca aprendi nenhum instrumento. Tentei transferir à Mariana o gosto pela música erudita, mas fracassei. Na infância, ia comigo à Orquestra Sinfônica, na Avenida Independência. Depois, já adolescente, queria negociar: caso eu a buscasse, de madrugada, nas boates, me acompanharia, aos domingos de manhã, para vermos o maestro Eleazar de Carvalho, regendo os *Concertos para a juventude*. Acabamos por nos separar, musicalmente. Hoje, ela ouve bandas de rock a todo volume, quando passa alguns fins de semana aqui em casa, e eu me refugio em suaves quartetos de cordas.

Faço e refaço estas páginas tantas vezes quantas forem necessárias para conseguir a fluidez e a falsa simplicidade do solista. Tento transferir para a linguagem literária o timbre, o ritmo e a harmonia das boas peças musicais. Sei que o texto medíocre e superficial é o que vende mais, o que mais agrada às multidões de bárbaros, mas eu me recuso a essa alienação.

Meu avô materno era evangélico, e o paterno, católico. Levei décadas para compreender as grandes diferenças entre as duas famílias. Meu pai, católico, teve muitos irmãos e irmãs, e gerou também oito filhos. Minha mãe, de origem alemã, e protestante, teve apenas dois irmãos. Por muito tempo, imaginei que a mãe de minha mãe fosse pouco fértil. Um dia, perguntei-lhe como mantivera tão reduzida prole. "Com o chá dos bugres", respondeu-me, com a sinceridade seca que também me persegue. Nunca fiz a síntese entre as duas visões de mundo. Uma parte de mim se encanta com a missa do galo e sua pompa; a outra, não se submete a nenhuma autoridade, não aceita o fausto. Uma parte acumula; a outra, culpada, inventa filantropia. O cético, em mim, não desdenha da fé; e o crente não prega. E ambos observam, perplexos, a inutilidade de tudo.

Toda narração, e especialmente a autobiográfica, como se pretende esta minha tentativa, é uma impostura. Uma coisa é o fato; outra, a sua construção linguística. O esfaqueamento de um porco é diferente da leitura e interpretação que se pode fazer sobre o esfaqueamento de um porco. No ato real, que depois de acontecido recolheu-se a sua eterna facticidade, houve apenas um porco, uma faca e um jovem insciente ainda do corte que a linguagem faz sobre o Universo. O porco era gordo, cevado havia meses, e forneceu proteína abundante para a família inteira por muitas semanas. A faca era afiada, de folha longa e ponta fina, e tinha um cabo de chifre de boi. Era usada para sangrar, raspar o pelo e cortar os nacos de carne branca. E o adolescente era imberbe, e passava os dias e as noites a sonhar com uma vida diferente, vida que ele só sabia existir pelas ondas da Rádio El Mondo, que lhe traziam devaneios e o inócuo conhecimento não vestido de experiência.

Hoje, do alto desta colina artificial que é o edifício onde moro, o porco, a faca e o adolescente, transformados em cena literária, recobrem-se de inúmeras camadas de subjetividade. A minha, que conto esta história, inepto e reticente; a do leitor, que acrescenta a ela toda a sua carga de experiências, temores e desejos recalcados; e a da própria linguagem, que não é capaz de descrever com precisão sequer o voo de um colibri, quanto mais o sangramento de um porco. Nessa hora, todo memorialista reconhece a superioridade do teatro e do cinema sobre a linguagem escrita na tentativa de reproduzir o real. A cena de minha iniciação no mundo dos machos seria muito mais eficiente se convertida na filmagem de um ator fazendo de conta que ingressasse num chiqueiro e esfaqueasse um porco. Mesmo assim haveria muito espaço para a subjetividade do diretor, que filmaria deste ou daquele ângulo, do iluminador, do fotógrafo, do ator, e até do porco, porque na cena real não houve os holofotes e nem a movimentação de um set de filmagens. Mas o resultado para o espectador seria mais impactante, pois ele estaria *vendo* um porco esfaqueado.

E como vejo eu o passado agora? O que devo contar? Que recortes fazer? Qual é o ângulo mais eficiente? Qual é a luz mais reveladora? E quais as melhores sombras de ocultação?

Escrever é como matar um porco. É preciso ferir o coração do real, submetê-lo a nossa vontade, dizer a ele o que ele *foi*, e depois esquartejá-lo, expor as suas vísceras, valorizar este ou aquele pedaço, transformar a pele e as mantas de gordura em torresmo, e os miúdos em salsichas e salames.

O porco vivo é majestoso, mesmo quando se movimenta na lama, mesmo quando pisoteia os próprios excrementos, quando fuça a *lavagem* e mastiga o que lhe cai na boca. Vivo, é uma máquina fabulosa, de arquitetura ímpar e de vigor extraordinário. Morto, se converte em filés tristes, costeletas desnudadas, pedaços exangues dependurados nos açougues, nos supermercados, lembrança distante do bólido que foi um dia.

Seria possível recuperar o sangue, os pelos, as patas, o rabo e as vísceras e reconstruir o porco? A vida-porco é também irrecuperável. A narração, com suas técnicas, com seus truques, esforça-se por imitar o porco, refazer fragmentos da vitalidade antiga, e só consegue produzir *outro* porco, *outra* vida.

Na casa da colina, um dia antes da matança, ouvia-se o afiar buliçoso das facas no rebolo, o álacre arear de panelas e baldes, o arrastar cansado da mesa de escalpelo. Dormíamos tarde, e, de madrugada, a faina se reiniciava. Beatriz, silenciosa e onipresente, já estava com a água fervendo quando arrastávamos o animal para o centro do terreiro e o jogávamos sobre a mesa. Luís, um ano mais velho que eu, era um exímio escalpelador. Em poucos minutos, deixava o porco limpo, pronto para ser eviscerado. Nelson então se aproximava e rasgava a barriga do bicho, extraindo-lhe as vísceras, que eram jogadas a uma gamela de madeira, para se converterem depois em embutidos, dobradinhas e prensados pelas mãos de Beatriz e das minhas irmãs. Ele decepava as quatro patas, separava a cabeça do corpo e, com um serrote, dividia o animal em dois, retirava o lombo das costelas, os quartos dianteiros dos traseiros. Sem nenhum conhecimento sobre a linha fordista de produção, cada um de nós assumia a sua função e, em pouco tempo, o porco estava retalhado, o torresmo gotejava sob a prensa, as linguiças pendiam dos varais, e o ar cheirava a carne frita.

Dia de matar porco era dia de festa. À noite, cansados, mas felizes, fazíamos uma roda. Os homens tocavam violão e cantavam. As mulheres riam e dançavam. Um garrafão de vinho tinto, produzido pelo próprio Dante, fazia o círculo, bebido no gargalo. No braseiro, dois ou três espetos de costela tostavam lentamente. Beatriz matava uma galinha, eviscerava e preparava no fogo de chão, num galho improvisado de espeto. Naquele tempo, eu comia carne de porco e me fartava. Até fria, roubada da lata de banha, da despensa. Laura, minha irmã mais velha, e Luísa, a caçula, evitavam a gordura suína. Creio que por razões estéticas, nunca lhes perguntei. Eram colonas, mas ouviam rádio. A "Grande Novela Gessy-Lever" daquele ano era *Tribunal da vida* e trazia em suas ondas curtas valores novos, desejos exóticos e sonhos longos.

Depois que comprei as terras da família, depois que derrubei a casa da colina, nunca mais comi carne de porco. No entanto, não desprezo a sua importância para a nutrição e para a economia. O que seria das crianças de minha terra natal sem as calorias desse animal extraordinário? Enquanto o bode, na Grécia, deu origem à tragédia, o mais alto gênero artístico da história humana, o porco, no Brasil, país que desprezou por tantos séculos o mundo do trabalho, resultou apenas em preconceito linguístico. Porcaria, porcalhão, emporcalhar, entre outras, são palavras que traem o nosso desprezo ao animal que é o centro da vida imigrante-colonial.

Se eu tivesse sido eleito deputado, apresentaria à Assembleia Legislativa um projeto de lei para que se comemorasse o *Dia de matar porco*. Perdi as eleições. Aos perdedores, o que não se pode falar, é preciso calar, como disse Wittgenstein.

— Corta! — diz o implacável juiz dentro de mim. — Corta esta passagem sobre a tua tentativa política! É preciso conciliar tudo, musicalmente. E a política, aqui, ficaria fora de compasso. Além de, obviamente, granjear-te uma multidão de inimigos. Nem foste um boi num rio de piranhas, foste um leitãozinho desmamado...

3

E este cheiro de carne de porco assada, doce e meio quente, a invadir meu nariz? Respiro fundo, com lentidão, e concentrado. As lembranças, registradas nas antigas sinapses, retornam. O cheiro gera as lembranças? As lembranças geram o cheiro?

Assim que o espectro de minha mãe desapareceu, um odor de louro, orégano, pimenta e acidez de vinagre, madeira envernizada, linóleo e banha de porco também ocupou o ar do quarto, no hospital. Tensões e ambientes hostis parecem acionar minha memória olfativa. Às vezes, no tribunal, diante do juiz, ou na rua, por conta de alguma estupidez de trânsito, sou transportado ao passado e revivo sensações antigas, em que se misturam temperos e obsessões.

A razão do olor, aqui e agora, é bem mais prosaica, conforme pude constatar ao descer à cozinha. Ana está assando um pernil. De vez em quando, Helena, excessivamente carnívora, apesar da minha indisposição, exige que a carne do *animal de pés partidos* venha à mesa. Mariana e Isabela adoram carne de porco frita em panela de ferro — ao alho e óleo, com aipim cozido polvilhado com farofa — ou assada no forno, com guarnições de pêssego e abacaxi. Não imponho a ninguém a minha vontade, mas não me obriguem a fazer o que não quero. Helena já não insiste, mas Isabela, de vez em quando, ainda me provoca:

— Come um pedacinho, papai.

Antes do advento da luz elétrica às terras do interior, a lata de banha substituía com eficiência a geladeira. Nela se colocavam nacos de carne pré-cozida, que ali podiam ficar imersas na gordura, sem risco de degradação, por muitos meses. Um costume milenar, usado pelos povos mais antigos da terra, que perdurou até a década de 70 do século passado em minha região, quando os ventos da modernização urbano-industrial varreram o velho mundo imigrante. Ventos que me levaram para longe da despensa onde eu me escondia, depois de ter descoberto o esconderijo da chave, e lambuzava os dedos e a consciência com as nódoas pegajosas da gordura. Talvez, no hospital, minha mãe quisesse apenas dizer que perdoava o roubo de pedaços de carne, de salame e de frutas da despensa?

Não, claro que não.

A ética colona é rigidamente igualitária. Nada é *meu* — tudo é *nosso*. As roupas que eu usava haviam pertencido a meus irmãos mais velhos. E depois que eu as usei, foram passadas adiante, ou reformadas. No universo do minifúndio, e da pobreza digna, não há espaço para desperdício. Do porco, se aproveita tudo. Menos o berro, como se diz na anedota.

Meus pais tinham *onze* filhos para sustentar. E sustentaram. Nossa cozinha se constituía, basicamente, de feijão, arroz, carne de porco e seus derivados, frutas e verduras. Nas festas de casamento, havia também carne de rês, assada ao modo antigo, em espetos de pessegueiros ou açoita-cavalo sobre braseiros cavados na terra. Por conta dessa dieta ampla e consistente, meus familiares não conheciam os malefícios da desnutrição. Como se sabe, a carne de porco — cozida, frita ou assada —, a banha e o torresmo, as morcilhas brancas e as morcilhas de sangue, as copas, os salames e as salsichas são alimentos altamente calóricos, mas nem por isso havia obesidade na minha família. Em primeiro lugar, porque só se comia o necessário; e, em segundo, porque o trabalho braçal na lavoura consumia qualquer excesso energético.

Um dia, por acaso, descobri a chave que abria o depósito dos mantimentos, tão fervorosamente protegida por Beatriz. Como criariam mais de uma dezena de filhos sem um rígido controle? Se eu fosse descoberto durante as incursões à despensa, seria duramente castigado. Ou talvez tivesse sido expulso de casa. Meus familiares não suportariam conviver com um ladrão. Mamãe, à noite, na hora do banho de gamela, com seu faro de perdigueira, percebia meu delito, mas não me denunciava.

Em silêncio, sem desmanchar o sorriso meigo e eterno na face, suportou muitas humilhações.

— Não repara, teu pai é meio tico-tico, gosta de ciscar em quintal alheio — ouvi-a dizer a Arlindo, algumas semanas antes de eu fugir de casa.

Quando retornei, depois de trinta e cinco anos, encontrei este meu irmão, o primogênito do clã, aquentando-se ao sol, num casebre de subúrbio, diabético, cego, com uma perna amputada. O que restara de nossa propriedade havia sido adquirido por Valdir, que morava ainda na casa da colina. Dois de meus irmãos viviam no Paraná e no Mato Grosso; outro se abrigara numa barraca de lona de um acampamento de sem-terra; e os restantes eram empregados de lojas, postos de gasolina e fabriquetas de calçados, espalhados por várias cidades do Alto Uruguai.

"O pai saía aos domingos à tarde, ia comer melancia na casa dos vizinhos. À noite, ele trazia uma das grandes sobre o ombro. Cortava-a no avarandado, em treze pedaços iguais. Naquela época, o Lírio, que era um ano mais novo que eu, já morava no Paraná. Ele foi para lá com as levas de colonos que subiram o Brasil nos anos 70. Compraram terras baratas no Paraná, no Mato Grosso e na

Amazônia. Se deram bem. Os que ficaram estão falidos. Muita coisa aconteceu aqui na tua ausência, Ariosto", disse o meu irmão cego, na porta do casebre, naquela que foi a mais longa noite da minha vida.

Sonhei que eu atravessava um rio de águas turbulentas, águas que batiam no meu peito, que respingavam nos olhos, que molhavam meus cabelos, águas que ameaçavam levar-me na correnteza, quando avistei o velho Dante na outra margem, vestido de branco, de braços abertos e a gritar:

— Se vieres para cá, é bom que saibas: não há retorno.

No mesmo instante em que meu pai dizia tais palavras, ouvi a voz de Isabela, minha filha menor, na margem oposta do rio, também a gritar:

— Papai, não vai, não vai!

Virei o rosto para a outra margem, onde a menina batia a própria cabeça com os punhos cerrados, repetidas vezes, desesperada. Assim, parado no meio do rio, e no meio do sonho, ora eu fitava meu pai, que me esperava, ora fitava minha filha, que não me queria perder. E eu mesmo, no sonho, não sabia como agir, como tantas vezes desperto, no rio da vida[3]. Tinha saudade do pai, seria bom reencontrá-lo depois de tanto tempo, mas não queria deixar minha filha, que de mim ainda tanto precisava.

---

[3] Foi dura a discussão, com meu amigo, sobre o mérito e o demérito dos chavões e lugares-comuns em literatura. Sem eles, sustento eu, com a sanha de advogado, escrever não é possível. Se desde os pré-socráticos, a imagem do rio da vida é usada pelos poetas e escritores, é porque ela é eficiente e significativa, como o ar o é para os pulmões, e a própria água para a manutenção celular. (Nota de Ariosto Ducchese)

"Não repetir o abandono", eu dizia a mim mesmo, porque então, na época desse sonho, ainda imaginava ter sido *abandonado* por meu pai, e comecei a regressar, lutando contra a turbulência das águas. Exausto, muito tempo depois, consegui chegar à margem, e fui ajudado por Isabela, que me estendeu as mãos e me retirou do rio como a um boneco que rodopiasse na água de uma banheira.

Da casa que ouviu meus primeiros gritos, na tapera, restam fragmentos desconexos de memória — um potreiro, os taquarais rangentes, súbitas iluminações, temporalidades que se sobrepõem. São sensações vagas, cheiros, texturas, imagens, que se misturam a lembranças de outras casas. A escada, ao contrário do que eu sempre imaginei, ficava nos fundos, e a porta da frente, por causa do desnível do terreno, não necessitava de degraus. O teto, na minha memória, não tinha forro, mas eu estava enganado, como esclareceu Arlindo, na longa noite de nosso reencontro. Os barrotes e as tesouras que enxergo na tela da imaginação devem ser de outra residência. Para mim, eram muitos os quartos de dormir. Como abrigar tantos filhos? Segundo meu irmão, no entanto, só havia quatro: o dos meninos, o das meninas, o do casal e o de hóspedes. Às vezes, meus avôs passavam alguns dias conosco. Por mais que me esforce, não consigo lembrar a localização desses ambientes internos. Só me recordo do aparelho de rádio, de madeira, em formato quadrado, que ficava próximo a uma janela, e de seus estalidos secos, que ecoam ainda em meus ouvidos. Imagino, passados tantos anos, o quanto devia ser difícil captar as emissões que vinham de cidades como Ijuí e Cruz Alta, que possuíam precárias torres de transmissão. Dou-me conta, agora, de que a minha paixão pela língua espanhola vem desse tempo, quando o nosso velho aparelho a válvulas trazia os programas da Rádio El Mondo. Estávamos mais próximos da Argentina que do Brasil em muitos sentidos, e não apenas geograficamente. A sonoridade do portenho encanta-me ainda hoje, como a uma cantiga de ninar. Quando morei nos Estados Unidos e convivi com latino-americanos, espantava-me a diferença fonética, a aspereza do falar de outras regiões do continente e, mais do que tudo, dos nativos da Espanha, especialmente madrilenhos. Eu não atinava com as causas profundas, as razões telúricas desse estranhamento. Tem razão Fernando Pessoa ao afirmar que a pátria é a língua. Pátria que construímos nesses primeiros anos de nossas vidas, pátria que se aloja mais em nossas cordas vocais do que no cérebro ou no coração.

A casa em que nasci, na tapera, tinha sido construída com tábuas de pinho. Com o passar do tempo, os nódulos da madeira afrouxavam e caíam, deixando buracos nas paredes. No inverno, esses vazios eram tapados com chumaços de pano ou de palha de milho, mas, no verão, eram reabertos para permitir a circulação de ar. "Um musgo suave, quase uma poeira acinzentada, manchada pela intempérie, recobria o telhado e as paredes, paredes que haviam sido azuis, pintadas por Beatriz, quando ela tinha treze ou quatorze anos", diz Arlindo, meu irmão mais velho, em algum canto de minha memória. Não com essas palavras, que ele era incapaz da sofisticação sintática e linguística que impus ao texto. Literatura não é cópia da vida, nem escritor é obrigado a respeitar a fala estropiada de seus personagens. Ou é? Disse-me o tal professor, instrutor de oficinas literárias, e também escritor, que é... Por isso, dei-lhe um piparote!

Para se chegar à casa da tapera, vindo da cidade, era preciso percorrer, já sobre a nossa propriedade, uma estradinha de chão batido, úmida e fresca, e que atravessava uma floresta composta de canjaranas, cedros, louros e ipês, entre as tantas árvores nativas do planalto médio central. Nesta mata, sobreviviam ainda, nos meus tempos de menino, gatos-do-mato, jaguatiricas, bichos-preguiça e tucanos, e uma infinidade de outras aves e animais de pequeno porte, que seriam extintos depois, com o advento das lavouras de soja. Ajudei a destruir aquela primeira casa de minha vida, em 1965, aos nove anos, quando a família mudou-se para a outra, de alvenaria, no alto da colina, às margens do estradão. As tábuas, os barrotes, os travessões e o assoalho foram reaproveitados na construção dos chiqueiros. As telhas, enegrecidas pela intempérie, cobriram o novo forno de minha mãe, onde ela fazia grandes partidas de pão de milho, pão sovado, cucas e assados de lombo de porco. Uma padaria, para alimentar treze bocas famintas, talvez fosse mais adequado.

Casas, casas que se desmancham no ar, sem solidez nenhuma. Casas varridas pelos ventos das transformações. São tantas as casas da minha vida, a casa da tapera, a casa da colina, a casa de Cruzeiro-Santa Rosa, a casa de São Paulo, as casas dos Estados Unidos. Eu poderia dividir a estrutura deste livro pelas casas em que morei. Fica a ideia para outro momento, para outra história[4]. Em Porto Alegre, optei por morar em apartamento.

A rigor, a casa primeira e mais sólida, porque mais simbólica, é a da tapera, da qual tenho escassas lembranças. Talvez o mais importante não seja o que se revele, mas o que se esconda, o que não se vê, aquilo que espera, pacientemente, na sombra, como o meu pai, que *não* me visitou no hospital.

— Uma hora a mais — disse-me o cardiologista, antes da segunda alta, depois do colapso e dos treze dias de aflições incomuns — e tu não terias nenhuma chance, ninguém sobrevive a uma hipovolemia dessas... Devias mandar emoldurar este hemograma. Tens um coração de boi.

— Não tenho coração de boi — respondi —, meu coração é forte como um coração de porco, que só para se esfaqueado.

O cardiologista riu.

— De fato, o coração humano, anatomicamente, é muito semelhante ao do porco...

— Não quis a carne? — perguntou Ana e apontou para a travessa com o pernil assado, hoje, no almoço.

— Odeio porco — respondi. — Porcos são nojentos, comem qualquer coisa.

---

[4] Para embaralhar ainda mais as cartas, pretendo escrever outro livro autobiográfico, desautorizando tudo o que aqui vai ser afirmado. (Nota de Ariosto Ducchese)

4

Por conta de uma pequena cirurgia para resolver um incômodo de hemorroidas, depois de retornado do hospital, sangrei durante oito dias, feito uma ovelha cordata e passiva, correndo entre o quarto e o banheiro. De que adianta o coração humano, anatomicamente, ser semelhante ao do porco, se a alma é de cordeiro? Salvei-me da estocada final por acaso. O Matador estava desatento e errou a punhalada.

Ou salvou-me Ana, a nossa empregada doméstica?

No dia em que recebi a primeira alta, avisei o médico de que eu ainda sofria sangramento. Não me ouviu, urgia liberar o quarto. Outros, em pior estado que o meu, o necessitavam. Depois, em todas as ocasiões em que lhe telefonei, deu-me a mesma explicação: que o processo de cicatrização era lento, que eu fizesse banhos de imersão, que usasse as pomadas indicadas e que me acalmasse.

Certa manhã, a oitava depois da saída do hospital, ao ir aos pés, senti que uma artéria se rompera e cheguei a ouvir o esguicho do sangue no vaso, um sangue fresco e abundante.

Acordei Helena e voltei a telefonar para o médico, explicando-lhe a gravidade da situação. Repetiu o que já me dissera duas ou três vezes, durante aquela semana inteira de sangramento — que eu me acalmasse. Depois de muita insistência, concordou em examinar-me mais tarde, enquanto encaminhava ao hospital o pedido de uma nova internação.

Das seis às oito da manhã, fui ao banheiro dezenas de vezes, com cólicas terríveis e sangramentos assustadores, enquanto minha mulher e o discípulo de Hipócrates discutiam a melhor forma com que eu devia encarar a morte, que se avizinhava.

Paralisado pela impotência e pelo cansaço, aceitei a sugestão assassina de aguardar, deitado, por várias horas, até que se providenciasse uma nova internação. Pelo que estava decidido, eu daria entrada no bloco cirúrgico somente às treze horas. Um pouco antes das nove, minha vista turvou, minhas pernas enrijeceram e passei a fazer um enorme esforço para respirar. Helena ausentara-se de casa para comprar as novas medicações recomendadas pelo especialista e para ir ao escritório.

Da cama, onde me estirara com a certeza de que não mais levantaria, vi o vulto de Ana no batente da porta. Agora, ao revisar friamente aqueles instantes decisivos, assombra-me que já na primeira rajada de sangue eu não tivesse corrido a um pronto-socorro. Por que aquela passividade? Por quê?

— Seu Ariosto, Deus tem algo para lhe dizer.

E dito isto, Ana entrou no dormitório e colocou um Novo Testamento a meu lado, uma pequena edição dos Gideões, que eu recolhera em algum hotel do Rio de Janeiro ou de São Paulo e que deixara largado numa das estantes de minha biblioteca.

Assim que ela saiu, apanhei o livro e abri-o ao acaso, depois de murmurar:

— Vamos lá, Senhor, o que tens para me dizer?

Literalmente, sob o meu dedo indicador, encontrei a passagem em que Ananias, o cabalista, recebe a missão de procurar o apóstolo Paulo, ainda Saulo, que estava cego pela Luz intensa que encontrara no caminho para Damasco:

"Levanta-te e vai à rua chamada Direita".

Imaginei o automóvel rodando pela avenida e dobrando à direita, atravessando a aleia de eucaliptos, até estacionar diante do hospital, o mesmo hospital em que eu já estivera internado uma semana antes.

Não esperei mais e pedi que Ana me trouxesse o telefone. Disse à Helena que eu estava morrendo e que precisava ser internado imediatamente. Em poucos minutos, ela chegou, amparou-me até o carro e partiu velozmente.

Na Emergência, encontramos minha filha mais velha, Mariana, que já estava avisada da situação. Enquanto Helena tratava da burocracia, minha filha colocou-me numa cadeira de rodas e entrou comigo no elevador, em direção ao centro cirúrgico.

Minutos depois, numa saleta do sétimo andar, quando Mariana tentava vestir-me com o uniforme que a enfermeira lhe entregara para que eu o vestisse, tive o colapso hipovolêmico.

O tempo se deteve, a consciência desapareceu e acordei já operado e em recuperação na CTI, na noite do dia seguinte, sob o rosto sorridente de Jéferson, o enfermeiro negro.

Num acidente aéreo, ou em qualquer acidente, conjugam-se os equívocos; num salvamento, em qualquer salvamento, somam-se os acertos. Devo a minha vida às ações conjugadas de Ana, Helena e Mariana. Um único erro — se Ana não entrasse no quarto, se Helena não se apressasse, se Mariana não acorresse ao hospital e não tivesse me levado ao sétimo andar, ganhando preciosos minutos — e eu não estaria aqui.

Acaso? Destino?

Ao regressar a este apartamento onde moramos, no Alto Petrópolis, reparei o quanto emagrecera nas duas semanas de hospitalização. Meus olhos, encovados e quase sem brilho, escondiam-se dentro de cavidades fundas, e o nariz se projetava ainda mais sem o suporte das bochechas, que se transformaram em pele escorrida sobre os ossos do rosto. Vi, nos olhos de Ana, que não me visitara no hospital, o quão assustador era o meu aspecto. Minhas costelas despontavam sob a pele, os braços figuravam galhos de açoita-cavalo, finos, lisos e brancos. Perdera uns vinte quilos, ou mais. Parecia-me agora com Dante.

Às palavras sempre lhes falta a carnosa substância da imagem.

Um Quixote, o meu pai, mas o Quixote imortalizado por Gustave Doré — pela fisionomia, estatura e magreza cadavérica. Faltou-lhe um Sancho Pança, é verdade. Talvez o Sancho que ele não teve seja eu.

"Um doido, o pai era um doido", repetia Arlindo, e buscava nos meus olhos alguma cumplicidade e solidariedade. O pai era doido, Arlindo, por ter colocado caixas de som no chiqueiro, para que as porcas engordassem ao som das delicadas sinfonias de Mozart e Haydn?

Um dia desses, num jornal aqui da capital, que tem uma engraçada sessão de curiosidades científicas, li que na Alemanha, ou na Holanda, cientistas descobriram que porcos criados ao som de músicas eruditas sofrem menos estresse, e se desenvolvem mais rapidamente e produzem carnes mais tenras e saudáveis.

O pai, Arlindo, o nosso pai, o velho Dante Ducchese, não era um doido, mas um visionário, alguém capaz de perceber, antes do tempo adequado, o que os outros não percebiam.

"Tu te lembras de 29 de agosto de 1961?".

Não, eu não me lembrava.

"Naquele dia, depois de passar semanas ao redor do rádio, tentando, em meio à estática, ouvir os discursos de Leonel Brizola, o pai não teve dúvidas: ordenou a retirada de todos da casa da tapera para esconder-nos no mato. Em seu delírio, ele imaginava, assim, proteger-nos dos bombardeios que sofreria o grande líder entrincheirado no Palácio Piratini, a quinhentos quilômetros de distância. Um doido, Ariosto, o pai era um doido varrido".

5

Assim que nos mudamos, por insistência de Helena, para esta região da cidade, em meu segundo ou terceiro passeio matinal, uma histérica da vizinhança chamou a polícia, porque me detive por alguns minutos a contemplar o jardim japonês diante de seu sobradinho de três andares. Confundiu-me com um mendigo? Imaginou-me um ladrão? E lá vou eu sair de casa de terno e gravata para ser assaltado na primeira esquina? O que teria feito ela se me visse após as cirurgias, magro como um aidético?

Lavo o rosto e sinto a pele retesada, lisa, como que úmida. Abro os lábios, expondo os dentes, aperto as arcadas. Sim, preciso fazer um bom regime, estou mais gordo que um cachaço. O uísque dos fins de tarde, as picanhas gordas, os juros remunerados e a vida sedentária depositam-se na minha barriga, na papada, nas muitas dobras do meu corpo.

Na via que leva do microcosmo e sua ubiquidade quântica ao macrocosmo de forças gravitacionais tão poderosas que entortam, literalmente, o próprio tempo, o espaço em que vivo hoje é uma aprazível área de descanso. A minha realidade, sem as atribulações do passado e as angustiosas curvaturas do futuro, é muito tranquila. O labirinto em que vaguei, contemplado agora, aqui do alto, é nítido como um mapa. Posso ver os ângulos, as arestas, as intrincadas veredas onde se escondia, a minha espera, a monstruosa verdade.

Desta sala refrigerada posso ver a cidade, os morros distantes, as longas avenidas, as barcaças no Guaíba, as ilhas que formam o estuário. De binóculo, alcanço ver os casais namorando na margem do rio, nas cercanias da Usina do Gasômetro.

Dizem que Melville construiu uma casa em formato de navio para melhor escrever *Moby Dick*. Postava-se, em dias de tempestade, no falso tombadilho e gritava com a marujada, como um enfurecido capitão Ahab.

Teria eu que transformar o meu gabinete em chiqueiro para que esta obra alcançasse alguma excelência?

Costumo levantar-me antes do alvorecer. Se o dia é frio, coloco um abrigo; se quente, uma bermuda. Não saio sem um gorro ou chapéu de palha, a depender da época do ano.

Caminho aqui pelo bairro de classe média-alta, num passeio que dura em torno de uma hora, não mais que isso. Vou com vagar, fruindo a beleza das ruas e das árvores centenárias, extasiado com o charme dos velhos edifícios. Nos parques e praças, espalho alpiste aos pardais e tico-ticos, alpiste que sempre trago nos bolsos e que compro no Mercado Público. Depois, volto ao apartamento, preparo o café da manhã da família, mastigo uma fruta, maçã ou pera, e me refugio na biblioteca para ler dois ou três jornais e, eventualmente, algum processo mais complicado. E, nos últimos tempos, como quem não tivesse nada mais importante a fazer, escrevo estas memórias.

Descobri, ainda lá no hospital, que os *nossos* mortos sempre retornam, mesmo quando tentamos ignorá-los. E hoje compreendo que somente estamos preparados para escrever sobre eles quando somos capazes da mais absoluta e ampla compaixão, como dizia a minha breve terapeuta. Perdoei a todos, perdoei a mim mesmo. Mas perdoar não é esquecer. Fazer este memorial não é um julgamento, nem uma condenação. É apenas uma forma de tentar libertar-me dos gritos do porco esfaqueado.

— Enforcaram o Saddam — comentou Jéferson antes de aplicar-me uma dolorosa injeção.

— Deviam ter enforcado o Bush também — retruquei.

Ao rever as imagens da execução num filme que circula na internet, e que teria sido feito por um soldado norte-americano, fiquei impressionado com o olhar gelado e a recusa do Leão de Bagdá ao capuz que os verdugos queriam lhe impingir[5].

Não acertou o tribunal iraquiano ao prolongar ao máximo o julgamento, embora se soubesse que o destino final seria a forca? Assim, Saddam teve tempo de recapitular a sua vida, teve tempo de pesar cada um de seus atos, teve tempo de relembrar a infância de Uday e Qusay, e dos outros muitos filhos e filhas que gerou. Olho por olho, dente por dente. Não é isso que dizem os muçulmanos?

Dante, na hora final, diante de seus algozes, gritou o meu nome e o nome de Luísa, a filha adorada, contou-me Arlindo.

"*La vendetta è un piatto che si mangia freddo*", disse meu irmão cego e coxo depois que parou de chorar. Sim, a vingança é um prato que se come frio. E pelas bordas, devagar, como um mingau em noite fria, penso eu agora. A catarata cobria-lhe as córneas, dava-lhe um ar deplorável, e impediu-me de ver a expressão de seus olhos. Não sei se neles ainda havia ódio, medo ou um frio terrível.

Gosto da palavra *expressão*. Do latim clássico, *exprimire*, que, no latim vulgar, transformou-se em *expressare*, sair apertado, expulsar, expor as vísceras, sangrar.

---

[5] Ariosto Ducchese *parece* não ter certeza do que viu no olhar de Saddam. Um olhar de ódio pode ser gelado? O que é, mesmo, que vemos? (N. do E.)

O mundo anda num incessante frenesi por expressão. Os homens fizeram filhos, não plantaram árvores, e escrevem livros numa escala espantosa. Com esse andor, corremos alegremente para a realização da escatologia cristã, que afirma que a primeira grande destruição se deu pela água e que a segunda se dará pelo fogo. Antes do braseiro universal, quero realizar o terceiro conselho do sábio chinês. Já fiz duas filhas, já plantei dezenas de hectares de eucaliptos e árvores nativas nas minhas terras em Pau-d'Arco, mas me faltava ainda escrever e publicar um livro de ficção, que, aliás, deriva de *fingus, finx, fingere.*

O que faz, nesta narrativa, uma digressão etimológica sobre a palavra expressão e que encobre evidentes intenções líricas?

Faço versos, é preciso confessar.

Às vezes, acomete-me uma insônia tal, uma angústia tão profunda e uma culpa tão desesperadora que, para suportar, ponho-me a compor poemas, a escandir sílabas, a empilhar rimas. Prometo não aborrecer ninguém com meus sonetos. Mais adiante, se quiserem, e assim que eu os publicar, se eu os publicar, todos poderão conhecer essa produção dionisíaca e, não posso negar, às vezes, bêbada. Aqui, nesta obra, farei única e exclusivamente prosa, e a mais objetiva possível. Defendo, inclusive no escritório de advocacia, os direitos do consumidor. Se o cliente comprou um livro que traz na capa o nominativo romance[6],

[6] Por razões comerciais, publiquei este livro como romance, mas ele não passa de uma novela curta. (N. do E.)

não vá o autor contrabandear-lhe os seus próprios poemas, imputando-os aos seus personagens, a papéis encontrados em velhas gavetas de casarões antigos ou coisa que o valha.

Na prisão, às vésperas de ser decapitado, Julien Sorel imaginou que o olhar do público, na praça, seria um estímulo de glória. Quanto romantismo de Stendhal! Quem se preocupa com a glória quando o que está em jogo é o pescoço? E Hussein, em que terá pensado? Terá lembrado as execuções sumárias de membros do partido, de auxiliares, de parentes e de colaboradores?

O planeta, disse-me um aluno de Direito Constitucional, anda murchando, se encolhendo. O que acontece num pequeno retângulo no Oriente Médio afeta também o retângulo em que vivemos. Não precisamos mais das grandes sagas e dos romances de aventura, basta-nos uma televisão de múltiplos canais. Posso escrever sobre a minha vida e ter a ilusão de que meu livro, de alguma forma, há de afetar a vida de um monge tibetano. E, se não afetar, tanto faz, a literatura já não tem importância alguma, a não ser como purgação.

6

— Ariosto, por que não voltas lá e resolves esse passivo com o teu passado? — perguntou-me Helena, meses depois que saí do hospital.

— Irias comigo a Pau-d'Arco?

— Não — ela disse —, Teseu também entrou sozinho no labirinto.

Helena tem um vasto repertório de tiradas literárias e filosóficas, que utiliza com destreza, como se manejasse um florete[7]. Em jantares e festas elegantes, seu arsenal se multiplica. Confesso que algumas de suas citações, com a sua autorização, vieram parar aqui.

— Nunca vou escrever nada mesmo — ela me disse, permitindo a apropriação. — E, além disso, essas frases de efeito não são minhas...

"Não posso morrer com isso aqui dentro, martelando dia e noite", disse Arlindo, depois de bater várias vezes na cabeça, como se quisesse expulsar da consciência as terríveis lembranças.

Se eu fosse transportado no tempo e no espaço e caísse, agora, no terreiro da velha casa da colina, seria visto pelo meu pai e por meus irmãos como um efeminado. E olharia para mim mesmo com tristeza.

Por que considero uma violência o ritual de iniciação da matança de porco?

À época, nenhum de nós se recusaria àquela imposição, todos entravam no chiqueiro, empunhavam a faca e cumpriam a tarefa. Nem eu, que era o mais fraco da prole, deixei de fazer o que de mim se esperava. Se eu tivesse nascido gato, cachorro ou leitão teria sido devorado pela fêmea[8], mas nasci homem, e homem, apesar das fraquezas, apesar dos temores, precisa provar aos outros que sabe manejar a faca, que sabe suportar os berros e, muitas

[7] Na primeira revisão dos originais, constava *punhal* e mais uma metáfora suína. Consegui que Ariosto, muito a contragosto, cortasse a figura de linguagem e substituísse a arma, inadequada para uma mulher com o perfil de Helena. (N. do E.)

[8] Eu não entendi essa sentença, mas Ariosto me explicou que é muito frequente que, na hora do parto, as gatas, cadelas e leitoas devorem os filhos recém-nascidos defeituosos ou mais fracos. (N. do E.)

vezes, até mesmo a fúria desesperada do porco malferido, que se revolta e investe contra o agressor. Antônio, o quarto na linha de sucessão, tem ainda as marcas das mandíbulas de uma porca que ele não soube furar.

No domingo em que matei pela primeira vez, depois que o porco se ajoelhou e parou de respirar sem o natural escândalo na hora da morte, meu pai, enquanto meus irmãos arrastavam o corpo flácido para fora da pocilga, sentenciou que eu, pela precisão do talho, pela alegria com que enfrentara o desafio, estava convertido em "sangrador oficial". Cheio de orgulho, ouvi-o dizer ainda que assim "o bicho sofria menos".

Em casa, regressado do hospital, depois de me julgar tão magro quanto o velho, mas ainda ignorante de seu destino, senti uma vontade imensa de revê-lo.

Num jantar com Helena, meses depois da convalescença, enquanto eu buscava ainda explicações para o fenômeno fantasmático da aparição de minha mãe, lembrei de uma história antiga, contada por Beatriz, e que, de certa forma, explicava seu reaparecimento após a morte.

No inverno, em dias de chuva e de vento, ao redor do fogão aquecido, depois dos ovos mexidos e do torresmo frito, do aipim e do pão de milho, minha mãe nos contava histórias de lobisomens, de fantasmas, de almas penadas e de assombrações. Não tínhamos, naquele tempo, o fogo frio e artificial, o fogo azulado e magnetizador da televisão, mas havia ainda o outro fogo, o fogo morno e aconchegante do fogão à lenha, o fogo que faz falar.

"Era de madrugada, e eu e o pai de vocês ouvimos passos na calçada, passos leves, que iam e vinham.

— Deve ser uma jaguatirica — disse o Dante.

— É passo de gente, tenho certeza — eu disse.

Ele não quis levantar, tinha se virado para a parede, com o travesseiro enrolado na cabeça, mas insisti.

— É a mãe — eu disse. — Eu sei que é a mãe.

— Ficou louca, Beatriz? Esqueceu que a sua mãe mora longe?

Levantei. Ele veio atrás. No avarandado, nós a vimos, subindo a escadinha.

— Mãe — eu disse e fui em direção a ela.

No mesmo instante, Vilma desapareceu. Naquela noite, não dormimos mais. Ficamos sentados na cozinha, calados, até o dia amanhecer. Depois, tirei leite das vacas, dei lavagem aos porcos, lavei roupas, mas a aparição não saía da minha lembrança. Tenho certeza de que eu a vi. O Dante também viu. Com o tempo, ele passou a dizer que era tudo invenção minha, que eu tinha sonhado aquilo, que ele não se lembrava de nada. Mas, na cozinha, naquela madrugada, com o atiçador na mão, virando as brasas, ele jurou que também tinha visto.

Um pouco antes do meio-dia, um auto de praça estacionou no pátio, e dele desceu um homem perguntando se era ali que vivia a família Ducchese.

— Sim — eu disse.

— Vim avisar que a mãe de Dona Beatriz morreu hoje de madrugada, num hospital em Caxias do Sul. Ligaram para o ponto de táxi e pediram que a família fosse avisada."

Com lágrimas nos olhos, minha mãe concluía:

"— A hora da morte coincidia com a da aparição.

— Mãe, a senhora, uma crente fervorosa, contar uma história dessas? — eu dizia, rindo.

— Um dia, meu filho, tu me darás razão."

Reconstruí, com traços esquemáticos, num caderno pautado que surrupiei de Isabela, a planta baixa da casa da colina. Quatro quartos, duas salas, uma cozinha grande, na ala oeste; um banheiro e a despensa, na ala leste. E, dividindo as duas metades, em vão coberto, o avarandado com um poço ao centro. Neste local, o mais fresco da casa, esperávamos o sol declinar, antes de partirmos para a lavoura. E era ali, aos domingos, nas noites de verão, que rezávamos o terço.

Era uma arquitetura simples, sóbria, mas extremamente funcional. As paredes, construídas com duplas carreiras de tijolos, deram-me muito trabalho com a marreta para derrubá-las.

Um dia, um tufão devastou uma parte da mata de cedros, guatambus e canjaranas que cercavam a casa da colina, a menos de quinhentos metros de distância. Incêndios florestais, secas prolongadas, enchentes, vendavais, nuvens de gafanhotos, invernos rigorosos e verões escaldantes já existiam antes do aquecimento global. Como na área da medicina, o que tem aumentado, na meteorologia, é somente a precisão de diagnóstico e a divulgação de seu resultado. E, nos dois campos, a mistificação é mais frequente do que se imagina.

Se o parafuso de vento tivesse feito outra rota, teria derrubado o casarão? Talvez arrancasse o telhado, mas não as suas paredes. Para cair, aquela casa sólida e antiga precisou da minha fúria.

7

Os adeptos das narrativas pasteurizadas hão de me criticar, mas não será por isso que sonegarei a estas páginas o mundo dos calos, dos suores e das aflições do trabalho. *Tripallium*, diziam os antigos romanos, referindo-se a um poderoso instrumento de tortura. Ironicamente, o trabalho, apesar da suavização dos fonemas explosivos, mantém ainda a sua carga de sofrimento e dor. Ao menos, em nosso idioma, em nosso país e em nosso tempo.

Referi, noutro capítulo, que eu percorria a pé, sobre os dormentes de uma linha férrea, o trajeto entre Cruzeiro e Santa Rosa, e, já na página de abertura destas memórias, citava a empresa de que sou o sócio principal. Entre aquele bairro, aquela cidade e a referida banca de advocacia distam quinhentos quilômetros, trinta e oito anos e muito suor no rosto.

Do nascimento até os dezoito anos, vivi e trabalhei ao lado de meus pais e de meus irmãos e irmãs. Já descrevi as atividades buliçosas em torno do porco; pouparei o leitor de outras narrações, da derrubada das árvores para se fazer roça nova, das queimadas, do plantio, do manejo do solo. Que me desculpe o sábio professor que ouvi na livraria, mas não posso passar por alto a descrição de um momento na roça, durante uma colheita de soja, quando o trabalho ainda era feito manualmente...

Naquela noite, um mês antes de ser convocado para o Serviço Militar Obrigatório, cometi a ação, impensada e inconsequente, que gerou as ondas de choque que ainda hoje fazem balançar o edifício de minha existência.

Sem os tratores e as automotrizes, que não tínhamos e que o tamanho de nossas terras não permitia, são as mãos e os braços que movem as polias e as correias do sistema de agricultura familiar. O grande número de filhos de Dante e Beatriz tinha um propósito específico e imediato: mão de obra barata e abundante. A agricultura de subsistência gera uma força centrípeta muito intensa entre os membros de um clã. Éramos coesos e solidários uns com os outros. Um pacto não expresso e subliminar estava inscrito em nossa ética, em nossa religião, em nossa cultura. Nós, os homens — Dante, Luís, Nelson, Arlindo, Sétimo, Antônio, Valdir e eu —, devíamos zelar pela integridade física e moral de Beatriz, Laura, Lenita, Márcia e Luísa, a caçula, a flor de pessegueiro, delicada, branca e frágil. A raspa do tacho, como dizia Beatriz.

Durante o dia, com a foice de mão, colhíamos a soja, curvados sobre o espinhaço. À noite, jogávamos os feixes da leguminosa na correia da colheitadeira movida a motor a diesel para a debulha. Uma nuvem de fragmentos de folhas e cascas turvava o ar, atingia os olhos, a garganta, o nariz. Apesar do pano usado como máscara, tive um acesso de tosse, misto de crise asmática e alérgica, e afastei-me da família. Ao invés de regressar ao trabalho, como era meu dever, resolvi caminhar um pouco. Confesso que a atividade braçal não me agradava. Já então eu me sentia diferente dos outros. Ou superior. No fundo, o que eu esperava era a chance de abandonar o campo. Cheguei à estrada de chão batido que levava à tapera. Era uma noite quente, de lua cheia. No alto, o cinturão de estrelas, que eu mais tarde viria a chamar de Via Láctea, iluminava o firmamento, de leste a oeste. Eu tinha verdadeira fascinação pelo céu estrelado. Se pudesse, teria sido astronauta. Eu ainda não conhecia as histórias de Ray Bradbury; li-as, pela primeira vez, nos Estados Unidos, por indicação de um amigo, também brasileiro, Paulo Tedesco, meu colega de trabalho numa pizzaria em Miami, mas já sonhava com viagens estelares. Ouvi a narração da chegada do homem à Lua no rádio. "Invencionice da CIA", resmungou Dante, que jamais acreditou na alunissagem.

Eu estava de pé, fitando o Universo, viajando talvez a bordo de uma nave espacial, quando senti, às costas, um movimento. Virei lentamente, certo de encontrar um de nossos cães, mas o que me seguira era o interdito.

— Que lindo! — exclamou Luísa, apontando para um meteoro que penetrava a atmosfera naquele instante, rápido, fugaz e evanescente. Um traço de luz, que viera dos confins do firmamento e se perdera nalgum ponto da tapera, ou mais além, na escuridão.

— Fizeste um pedido? — eu perguntei.

— Fiz — ela disse e enlaçou minha cintura.

— Não fales muito, não te metas em brigas, respeita os teus superiores e logo estarás em casa — me disse o Antônio, quando fui convocado para cumprir o Serviço Militar Obrigatório.

Na véspera, enquanto os outros dormiam, encontrei Luísa no pomar. Sétimo não plantava macieiras, mas pessegueiros, marmeleiros, e laranjeiras eram abundantes. A noite — parada e quente — acentuava o cheiro das frutas e trazia minha razão de volta.

— Cometemos um erro terrível — eu disse. — Esquece o que aconteceu. Não contes para ninguém.

No escuro, eu ouvia os soluços de Luísa. Sentia desejo de abraçá-la, mas me contive. Se a atração fora inevitável da primeira vez, podia ser controlada, precisava ser controlada agora que o fogo da luxúria já havia sido apagado. Deixei-a no pomar e voltei para a casa da colina. Subi a elevação do terreno que lhe dava acesso com largas passadas. Não imaginei que só repetiria aquele caminho de chão batido trinta e cinco anos depois. Soubesse, e teria me detido ali, a contemplar em respeitoso silêncio as suas janelas, que também se pareciam a pálpebras, como as janelas de "A queda da casa de Usher". Poe, em seu conto de incesto, fez a mansão afundar no pântano, simbolicamente. Eu, embora minha história não seja ficcional, fiz a casa da colina ruir em pedaços, destruindo-a a marretadas.

Naquela noite, não dormi. Queria que o dia amanhecesse logo e o pesadelo terminasse. O relógio de pêndulo badalava na sala, mas o tempo não passava. Relembrei os anos passados ali, ao lado de meus irmãos, a ouvir as histórias de lobisomens, de fantasmas e de almas penadas que Beatriz nos contava. Poe, que leio hoje com divertido prazer, ouviu lendas terríveis das negras que o amamentavam, histórias de mulas sem cabeça e de zumbis. Quando cresceu, aquelas invenções, misturadas as suas leituras de romances góticos, ingleses e alemães, converteram-se nas obras que deram origem à moderna literatura policial e de terror. Eu não inventarei nada, pois cheguei tarde, muito tarde.

No dia seguinte, Dante, Beatriz e Luísa acompanharam-me à rodoviária, onde eu embarcaria com dezenas de outros rapazes para Itaqui, cidade na fronteira oeste, para onde eram levados os jovens em idade militar de Pau-d'Arco.

As mulheres choraram na despedida, o pai não. Abraçou-me e disse:

— Aproveita para aprender uma profissão.

A vida de recruta é o que se sabe: fazer continência o dia inteiro, tirar plantão na guarita, almoçar na cantina, viajar ao campo para os treinamentos de guerra, ouvir as lições de patriotismo.

Quando dei baixa, não retornei a minha terra natal. Saltei do ônibus em Santa Rosa, antes do fim da viagem. Eu tinha recebido uma carta de Beatriz, em que ela dizia que o pai fugira de casa três meses depois da minha partida. E que Luísa adoecera, tivera febres absurdas, delirara por vários dias, chamara por mim muitas vezes. Os febrões, explicava minha mãe, tinham cessado, mas Luísa emergira deles completamente diferente. Agora, era um corpo sem alma a vagar pela tapera, a uivar nas noites de lua cheia, a caminhar sem cessar ao redor da casa, fazendo ecoar os tamancos na calçadinha de tijolos.

"Minha flor de pessegueiro murchou", escreveu minha mãe, para meu desespero. Com a ureia do meu sêmen, pensei eu[9].

No exército, tirei carteira de motorista, categoria A, o que me permitia dirigir pesados caminhões e congêneres. Foi fácil arranjar emprego. Da segunda empresa que visitei em Santa Rosa, ainda com o cabelo-escovinha, saí empregado. No bairro Cruzeiro, distante do centro, encontrei uma pensão barata. Por isso, naquele outro capítulo, andava eu sobre os dormentes, a economizar com passagem de ônibus.

É com este mesmo corte de cabelo militar que apare-

[9] Não resisti à tentação de consultar o Google sobre o assunto, pois, à primeira vista, pareceu-me mais um equívoco de Ariosto. Pois não é que a composição química do sêmen contém, mesmo, ureia? E contém, ainda, ácido ascórbico, cítrico, lático, pirúvico, frutose, colesterol, magnésio, zinco e vitamina B12, entre outras vitaminas. (N. do E.)

ço no único retrato que reúne todos os membros de nossa família. Quando comprei a casa da colina, não deixei que Valdir levasse o painel a óleo, onde todos nós sorríamos tolamente. Menos Beatriz.

Helena não permitiu que eu afixasse o quadro na sala, entre outras pinturas e retratos, quando mudamos para este apartamento.

— É ridículo — sentenciou.

Sim, para o olhar burguês, que se deleita com paisagens bucólicas, cores exuberantes e perfis glamorosos, aquela malta de colonos de olhar embasbacado em tonalidade terrosa é ridícula. Eu diria mais, é constrangedora. Num país como o nosso, quem escala a pirâmide social e tem o firme propósito de permanecer no novo patamar precisa destruir a própria história. Ou escondê-la. Quando trabalhei nos Estados Unidos, país protestante e capitalista, eu entendi o sociólogo Max Weber. Lá, até os grandes empresários fazem questão de recordar que vieram de baixo, que subiram a rampa social com determinação e fé. Seus filhos, apesar da riqueza, para serem dignos da herança que receberão, são instigados a conhecer, trabalhando, o funcionamento de todos os setores das empresas de seus pais. Começam estafetas e terminam diretores-presidentes. E, depois, fazem doações a instituições de caridade, Universidades, centros culturais e museus. Alguns, mal-informados ou capciosos, ao fazerem o elogio desses mecenas, esquecem-se de informar que o imposto sobre herança no país do Norte come quase a metade do patrimônio hereditário, e que a melhor forma de salvar uma parte do capital é doá-lo em vida, para que os herdeiros possam abater gordos impostos depois.

Hoje, o retrato da família Ducchese, com sua moldura de relevos dourados, devidamente descupinizada, está enfiado atrás de uma estante, longe do olhar e das risotas das amigas elegantes de minha mulher. Na tela, numa técnica inepta e rudimentar que mistura pintura e fotografia, estamos distribuídos por ordem de nascimento, da esquerda para a direita, encimados por Dante e Beatriz.

Fiquei seis meses em Santa Rosa, trabalhando numa distribuidora de bebidas. No quartel, o motorista de caminhão é um rei. Senta-se ao volante, faz a marcha, conduz o veículo até a carga e aguarda que os outros recrutas façam o serviço pesado. Na empresa privada, motorista e auxiliar são iguais, ambos carregam e descarregam os caixotes de cerveja ou de refrigerante.

Num armazém, encontrei o dono de uma carreta que andava à procura de um ajudante para uma viagem de vários meses pelos estados do Nordeste.

— Você é meio fracote — ele disse quando me candidatei ao posto.

No dia em que me apresentei para o serviço militar na prefeitura de Pau-d'Arco, o médico fez a mesma observação. Lá, assustado e nu diante de um estranho, recebi a primeira lição de humilhação a que é submetido todo recruta.

— Você é meio fracote, guri. Excesso de punheta. Vai precisar de muita mariola e exercício para suportar a vida na caserna.

Ao primeiro, não respondi. Ao segundo, retruquei:

— Talvez eu não seja um Sansão, mas tenho carteira tipo A. No exército, fui motorista. O coronel Mendes sempre elogiou o meu trabalho. Até uma carta de recomendação ele me deu.

Depois de ler o ofício com o timbre das forças armadas que eu sempre trazia no bolso, Pérsio, com quem trabalhei durante dois anos, brincou:

— É só deixar esse cabelo crescer que a força vem.

Um tipo missioneiro, o Pérsio. Cabeludo, bigode de palmo e riso aberto. Com ele aprendi que não existe situação difícil. Tudo tem solução, basta examinar o problema com calma. O motor estragava? Ele levantava a cabine do Scania, mexia aqui, mexia ali, se afastava, puxava o bigode e resmungava:

— O que um homem faz, o outro desmancha; o que um estraga, o outro conserta.

Rodamos o Brasil. Carga de arroz — de Alegrete para São Paulo. De açúcar — de Volta Redonda para Porto Alegre. E de feijão preto. E de batata inglesa. E de produtos não perecíveis. De Belo Horizonte a Macapá. De Maceió a Curitiba. De Natal a Florianópolis.

Um dia, em São Paulo, depois de completarmos um carregamento que levaríamos para o Recife, pedi as contas.

— Ficou doido? — perguntou Pérsio, sem sorrir.

— Cansei.

— Aumento o salário.

— O problema não é esse. Cansei de dormir na estrada, de comer comida requentada, de trocar pneu embaixo de chuva. Isso é vida de escravo. Quero endereço e namorada.

— Ah, agora entendi.

Fez ainda um comentário chulo, que não reproduzo aqui. Mas foi generoso na hora de acertar as contas. Pagou a mais, como se me indenizasse. Não havia entre nós um contrato formal de trabalho. Tempos em que a palavra empenhada valia tanto, ou mais, que uma assinatura.

Uns quinze anos depois, uma breve notícia de jornal anunciava que Pérsio Dutra, numa viagem à Bahia, adormecera ao volante e batera a carreta carregada contra um ônibus. Dezoito passageiros mortos, dois motoristas e um auxiliar, Luís da Silva, que assumiu o meu posto e a minha morte.

Acaso? Destino?

Fui boia-fria em canteiro de obra, passador de sinteco, repassador de quinquilharias paraguaias nas avenidas São João, Rio Branco, Paulista. Eu ia, de ônibus, a Foz de Iguaçu, atravessava a fronteira a pé, sobre a ponte internacional, e voltava com a cota. Fazia o percurso várias vezes, para que valesse o esforço. Retornava a São Paulo por estradas vicinais, fugindo da fiscalização, em ônibus de linhas intermunicipais, por estradas esburacadas, comendo poeira e pastel de rodoviária.

Numa das viagens, quase comprei uma arara vermelha, empalhada, à venda em Ciudad del Este. Só não fechei o negócio porque não teria coragem de revender depois, em São Paulo, e o dinheiro andava curto. A arara lembrara-me os tucanos que apareciam nas matas da tapera. Luís, certa vez, acertou um no peito com a espingarda de caça.

Dante ficou furioso.

— Onde já se viu matar uma ave tão linda?

Como castigo, o pai recolheu a arma. O bico do tucano ficou dependurado no paiol por muitos anos. Matávamos, mas comíamos o fruto de nossas caçadas e pescarias. Causa-me espanto que alguns matem animais e aves não para saciar a própria fome, mas para apaziguar um instinto primitivo e gozar com a queda em pleno voo de uma codorniz ou de um nambu.

Na volta do Paraguai, arrependido de não ter comprado a arara vermelha, prometi a mim mesmo que, na semana seguinte, quando fizesse outra vez a viagem de mais de mil quilômetros, eu traria o pássaro embalsamado. Iria colocá-lo sobre o criado-mudo, na pensão em que eu morava, na Casa Verde. Só que eu ainda não sabia como aquela viagem terminaria e não poderia prever que um acontecimento insólito fosse levar-me a uma delegacia de polícia, em Cascavel, no Paraná. Fui arrolado como testemunha de um flagrante de prisão. Vi no episódio um aviso, uma brincadeira do destino, e nunca mais fiz contrabando. Hoje, quando viajo ao Uruguai ou à Argentina, sozinho, ou com Helena e as filhas, trago o estritamente permitido pela legislação alfandegária. Depois de algumas horas de viagem, ao dirigir-me ao banheiro do ônibus, percebi, sem querer e num relance, que uma mulher borrifava perfume no rosto de uma criança adormecida em seu colo. Entrei no reservado e, enquanto o coletivo sacolejava, repassei o trajeto que já havíamos feito. Eu vi a mulher embarcar em Foz do Iguaçu. Era jovem, bonita, de cabelos curtos e óculos escuros, de estatura mediana. Entrara a minha frente, com a criança acomodada no braço esquerdo, e com uma sacola plástica dependurada no lado direito. Em toda a viagem, eu não a vira sair de seu assento. Nem mesmo para almoçar, na parada mais longa que o ônibus sempre fazia. Eu estava sentado uma poltrona à frente, no corredor oposto. Eu quase perguntei a ela se não queria que eu lhe trouxesse algo do restaurante. Detive-me, quando a vi retirar um sanduíche da sacola plástica, que havia colocado sob o assento, entre os pés. Retornei do banheiro e passei a observá-la com mais cuidado. Uma hora depois, se tanto, borrifou perfume sobre a criança mais uma vez. Nesse momento, uma coisa óbvia como que tilintou no meu cérebro: nunca, em nenhum momento, o bebê havia chorado. Horas e horas de viagem, num trajeto esburacado e lento, sob um calor insuportável, e uma criança de colo ficava o tempo inteiro quieta, adormecida, sem chorar ou mamar?

Fui à frente do veículo e comentei com o motorista que havia algo estranho no assento vinte e um. Um pouco depois, fingindo uma pane no motor, ele deteve o carro.

— Estamos com problemas. Peço a todos que desçam para refrescar. O conserto não será rápido.

— Não vais descer? — perguntei à mulher.

— Prefiro ficar aqui.

Um lenço cobria o rosto da criança.

— O bebê não vai sufocar com esse calor?

— Não, ela está bem.

— É uma menina?

— Sim, Luísa — ela respondeu.

Num mundo de infinitas possibilidades, todas as possibilidades são possíveis, disse Nietzsche, tentando explicar o eterno retorno. Não tenho tanta certeza sobre a existência do acaso e da aleatoriedade. Ou melhor, deixei de tê-la depois da visita que me fez Beatriz no hospital. Quase aceito a sugestão de Mariana, de que tudo, no inteiro Universo, está conectado.

Em Cascavel, o motorista parou num posto da Polícia Rodoviária. Os agentes de trânsito descobriram que a criança não só estava morta havia muitas horas, como trazia, no lugar dos órgãos, alguns quilos de cocaína.

As porcas devoram os filhos mais fracos e doentes, aqueles que não teriam chances de sobreviver no implacável jogo estabelecido pela natureza, mas nós, humanos, evisceramos os nossos para transportar muamba[10].

Vendi livros e enciclopédias de porta em porta, produtos de limpeza de multinacional norte-americana, seguro de vida, de automóvel, carnê de consórcio, mas o faturamento mal dava para a sobrevivência. O problema do pobre é conseguir uma base, um capital inicial que o alavanque. Examinando agora o meu passado, à distância e com experiência suficiente, posso afirmar que a virada começou numa oficina mecânica, nos Jardins, em São Paulo.

Às vezes, a sorte aparece em meio à graxa e fala entre as explosões de um motor mal-regulado.

Manoel, o proprietário da oficina, reumático, mas de um humor saudável, comprou alguns galões de detergente

---

[10] Como exercício de estilo, e para testar minha própria capacidade fabuladora, converti esse episódio num conto e o publiquei com o nome de "A arara vermelha", sob o pseudônimo de Charles Kiefer. Encontra-se ao final destas memórias, como anexo. (Nota de Ariosto Ducchese).

e indicou-me outros locais onde eu poderia vender meus produtos. Vendedor é como cachorro vira-lata, se encontra alguém que lhe dê um pouco de atenção, sacode a cauda, pula de um lado para o outro, lambe as mãos que o afagaram, e perde o horário. Fiquei a manhã inteira na oficina de Manoel. Enquanto ele desmontava um motor, contei-lhe a minha vida, ele me contou a dele. Migrante como eu, tinha feito de tudo em São Paulo e vivia também da mão para a boca. Até que resolvera morar nos Estados Unidos. Quatro anos depois, ao retornar, comprou a oficina.

Ele não só me incentivou a ir, como indicou alguém, em Santos, que colocava estrangeiros dentro do país do Norte, com emprego e tudo.

Fui à cidade portuária, mas o que o sujeito pedia era uma pequena fortuna.

— Com essa grana, eu abro um negócio aqui — eu disse e saí do escritório-despachante, decidido a viajar sem a ajuda de ninguém. Lembrei da frase do Pérsio: o que um homem estraga, o outro conserta.

Quando coloquei os pés pela primeira vez nos Estados Unidos, depois de atravessar o México, ilegalmente, junto com mais sete ou oito brasileiros e colombianos, compreendi que eu tinha atravessado não a fronteira, mas a história da civilização. Eu viera de um mundo arcaico, em que vasilhames de folha de flandres cheios de banha de porco funcionavam como geladeiras, a um mundo automatizado, onde latinhas de refrigerante saltavam de geringonças estranhas. E se eu quisesse ter um lugar no mundo novo, precisava estudar. Se acadêmicos dirigiam caminhões, consertavam telhados e preparavam coquetéis em bares esfumaçados no país mais rico do mundo, o que sobraria para mim, que tinha estudado somente até o primeiro ano do segundo grau, numa pequena cidade do interior de uma nação pobre, endividada?

Nos Estados Unidos, trabalhei em revenda de automóveis, fui entregador de jornal, de pizza, cozinheiro a domicílio, instalador de tapetes e auxiliar de carpintaria. Ainda hoje, faço móveis, estantes, brinquedos de madeira, objetos de decoração. Na casa de praia, na Ferrugem, durante as férias de verão, divirto-me com o torno, a serra circular, a furadeira, a broca, a morsa, o formão, a plaina, o sargento, a prensa e o arco de pua, enquanto as mulheres tostam ao sol. Troquei o divã de análise, que frequentei por pouco tempo, como já relatei, pelo galpão de ferramentas. O uso das mãos e o cheiro da madeira recém-falquejada produzem em mim uma sensação de plenitude e de potência quase erótica. Se nem sempre posso moldar o mundo e as pessoas, a madeira é mais dócil, a cavilha mais serena.

Morei dois anos e oito meses nos Estados Unidos. Corri atrás de dinheiro do Rio Grande ao Niágara. Guardava os dólares num fundo falso da mala, morava em hospedarias baratas, almoçava e jantava em restaurantes de trabalhadores. Tentei abrir uma conta bancária, num vilarejo de interior, e só não fui preso pela Imigração porque o gerente da pequena agência compadeceu-se de mim e não me denunciou. Deixei o condado quando percebi que um atendente de mercearia, que nunca prestara atenção em mim nas muitas vezes em que lá eu estivera — pelo meu fenótipo, posso ser confundido com um europeu —, passou a me vigiar. O gerente não me denunciou, mas deu com a língua nos dentes, como dizem os personagens dos filmes policiais.

No passado, os norte-americanos correram ao Sul, em busca do Eldorado. Nos anos 80, partiam para o Alasca. Nas cataratas do Niágara, em meio à neblina de vapor, lembrei do Salto de Yucumán, a poucos quilômetros de Pau-d'Arco. Naquela noite, antes de atravessar a fronteira do Canadá, uma saudade imensa, sufocante, explodiu dentro de mim e não tive alternativa a não ser voltar a meu país de origem.

Em Nova Iorque, comprei uma passagem aérea para Porto Alegre, com escala no Rio de Janeiro. "Precisas te livrar do aluguel", aconselhou o colono na imagem refletida nos espelhos do Aeroporto Salgado Filho assim que pisei em Porto Alegre.

Depois de trocar os dólares, comprei um minúsculo apartamento, vinte e sete metros quadrados, no Bairro Bom Fim, e uma carrocinha de cachorro-quente. Pelo jornal, descobria onde aconteceriam shows, eventos e comícios — o país retomava a experiência democrática — e instalava meu comércio.

A carrocinha de cachorro-quente, de tanto circular pela cidade, rendeu o suficiente para a compra de um pequeno terreno, num bairro sem especulação imobiliária, próximo a um colégio secundário. Com o negócio legalizado, comprei um trailer, calcei o terreno, puxei um toldo, construí mesas e cadeiras de concreto armado e controlei a caixa registradora. Um bom ponto, esse é o segredo. E qualidade dos produtos. E atendimento diferenciado. Eu levantava de madrugada para ir à Ceasa, pesquisava nos supermercados as ofertas de carne, ovos, batatas, maionese, mostarda, suco de tomate. Sem comprar roupas, sem gastar em prazeres pessoais, sem dívidas, com dois empregados egressos do interior, como eu, e que não me roubavam, sobrou dinheiro para pagar um curso supletivo, e tempo para frequentá-lo. Eu não tinha sequer feito o antigo clássico. Passei no exame de admissão de quinta série, em Pau-d'Arco, mas frequentei as aulas somente por dois meses. A escola ficava a vários quilômetros de distância das nossas terras. À época, na minha cidade natal, não existiam cursos noturnos, e Dante jamais pensou em me liberar do trabalho para estudar. Acabei desistindo, sem condições de conciliar os livros e a enxada. Em 1983, já em Porto Alegre, me inscrevi num curso supletivo, noturno. Depois das aulas, eu retornava ao trailer e trabalhava até as duas da manhã. Cada centavo eu convertia em dólar, trocados com os cambistas da Borges de Medeiros, e os guardava numa surrada maleta, sob a cama. Quando Figueiredo fez a maxidesvalorização do cruzeiro, ganhei um bom dinheiro. No governo Collor, anos depois, um político, para quem fiz algumas doações para sua campanha a vereador, avisou-me de que viria um grande confisco. Assim, saquei o dinheiro das contas e da poupança. Ter dinheiro em espécie, quando todos estão no aperto, abre boas possibilidades de negócios. Comprei placas de táxi e pequenas salas comerciais. Dinheiro faz dinheiro, e aqui estou. Rico.

No prédio centenário, no centro de Porto Alegre, que abrigara uma famosa confeitaria, num intervalo de aula, conheci Eduarda, operária de fábrica. A identificação foi imediata: vínhamos de mundos parecidos, ela também migrara do campo para a cidade, também não conseguira completar os estudos, tínhamos sonhos semelhantes. Meses depois, quando a convidei para dividir comigo os vinte e sete metros de propriedade, aceitou. Fomos felizes. Se o *consórcio* não durou muito, os juros e dividendos estão sendo pagos por Mariana, nossa filha e minha sócia.

Meu propósito, ao cursar a Faculdade de Direito, não foi o de montar banca, lecionar ou passar em concurso público, como tantos de meus colegas de turma. Julguei apenas que seria conveniente o conhecimento jurídico, especialmente para quem lida com o comércio. Saber nunca é demais. Desde menino, gostava de estudar. Herdei isso da mãe. Um dia, disse-me Beatriz que, se tivesse tido chance, se não tivesse nascido colona, seria engenheira.

Quase no final do penúltimo semestre, André, um colega de aula, contou-me que um advogado de renome, com banca estabelecida no centro da cidade, queria vender a sua parte na sociedade que mantinha com mais dois advogados. Eu já possuía um pequeno capital. Naqueles três anos de faculdade, não descuidara dos negócios, investia o que podia.

— Se eu vendesse tudo o que tenho e conseguisse fazer um empréstimo, poderia comprar essa banca e mudar de ramo — eu disse.

— Sério?

— Sim, mas me falta uma parte. Empréstimo é complicado, os juros são muito altos, não tenho fiadores.

— O doutor Francisco é amigo de meu pai, ele está muito doente e precisa vender com rapidez. Posso conversar com ele, quem sabe ele parcela o restante.

E assim, depois de vender as placas de táxi, o ponto comercial, o trailer e o apartamento, comprei a banca de advocacia com uma ótima carteira de clientes.

Quando encontrei Helena, minha vida sofreu mais uma grande mudança.

— Vendo um pedaço de campo, compro a outra parte da banca e nós nos casamos — ela disse.

Eis porque o pão está garantido, eis porque posso escrever tranquilo, enquanto as minhas sócias tocam os processos e as tramitações burocráticas do escritório. Elas não têm necessidade de mim. Às vezes, consultam-me, mas percebo que é apenas para agradar-me, para que eu não me sinta completamente obsoleto.

Sonhei que eu havia sido aprisionado pelos meus irmãos na despensa. Alimentava-me com as postas de carne da lata de banha, com os embutidos, com as compotas de Beatriz. De manhã, as risadas de Luísa e Laura, que faziam faxina pela casa, ecoavam através das paredes de alvenaria. Eu pedia socorro, mas a voz não me saía da garganta. Levei os dedos à boca e constatei, horrorizado, que a minha língua havia sido arrancada.

À tarde, e à distância, eu podia ouvir as sinfonias de Mozart, que acalmavam os porcos, no chiqueiro. A *vitrola* girava na sala e os alto-falantes amplificavam o som na cumeeira do galpão.

À noite, além da zoeira de meus irmãos, que se banhavam no tanque, ao ar livre, chegavam aos meus ouvidos os latidos dos cães, o ruído das panelas e dos pratos de metal, e uns gemidos abafados, que cresciam e se transformavam em gritos.

Depois de muito procurar — a despensa ampliava-se, multiplicava-se, transformava-se num conjunto labiríntico de quartos e salas —, encontrei o meu pai, reduzido a um feto, atrás do caixote em que se guardavam os cepos e as achas de lenha.

O uso que fiz da palavra *vitrola,* ao invés de toca-discos, eletrola ou aparelho de som ao narrar o sonho, trai, indiretamente, a influência norte-americana sobre a minha linguagem. Para quem não sabe, vitrola, em português, derivou de Victor Talking Machine Co. — a empresa que a fabricava.

Em Pau-d'Arco, naturalmente, eu não sabia disso.

— O que faz o estudo — teria dito o velho Dante, que não teve a oportunidade de frequentar uma faculdade, mas que se encheria de orgulho se soubesse que ao menos um de seus filhos conseguiu um diploma, que hoje está emoldurado e visivelmente exposto na recepção da empresa Ducchese & Advogados Associados.

8

— Antes da partenogênese inicial, e por uns trinta minutos, fomos uma célula só. Agora, buscamos essa unidade perdida no amor, na arte, as únicas coisas capazes de oferecer uma pequena ilusão de integridade e permanência neste mundo em acelerado processo de desagregação — eu disse como se estivesse na arguição de uma banca de mestrado ou doutorado.

Mariana riu.

— Ih, seu Ariosto, te fisgaram. Não precisas de tanta retórica para dizer que estás apaixonado e queres te casar de novo.

Minha filha era adolescente, vivia com a mãe. Duas ou três vezes por semana, eu a apanhava e saíamos para conversar. De inteligência rara, desde sempre eu soube que seria uma grande advogada.

Não me enganei.

Um dia, procurou-me no escritório uma mulher bonita, elegante, bem-vestida. Agradou-me que não usasse perfume. Ou que usasse um tão sutil que passava despercebido. Era casada com um engenheiro, com quem não tivera filhos. Formada também em Direito, embora nunca tivesse exercido a advocacia. Tinha uma pequena loja de roupas íntimas, na Rua Padre Chagas, num dos bairros mais nobres de Porto Alegre. Ela e o marido buscavam um divórcio consensual, sem traumas. Ambos cansados da vida a dois, não guardavam mágoas nem rancores. Minha função foi legalizar a situação dos bens e registrar os documentos, marcar a audiência com o juiz.

Naquela semana, depois do primeiro encontro, e ao fazer a barba como sempre, surpreendi um quarentão animado, preocupado com manchas na pele, com os cabelos grisalhos, com o tamanho das sobrancelhas, com as rugas e vincos na testa, e saudoso dos traços, do sorriso e da voz de uma desconhecida.

Eu estava solteiro, mas não sozinho. E confesso que enfarado das relações superficiais. Já na segunda audiência para tratar do divórcio de Helena, tranquei a porta do escritório, para que a secretária não nos surpreendesse. A calcinha, ela me disse tempos depois, não tinha sido escolhida para aquele tipo de situação, mas a surpreendi com a intensidade e rapidez do meu desejo. As mulheres preferem jogos mais demorados, mas eu temia perdê-la, estava carente e sozinha. Muita guerra impossível foi ganha com ataques súbitos e certeiros.

No terceiro encontro, apareceu com uma minúscula peça cor de vinho.

— Sei que terias preferido negro ou vermelho, mas estava em falta na loja — ela sussurrou antes de se sentar e abrir as pernas, permitindo-me ver o vértice em que eu me afogaria por esses anos todos.

Tínhamos um acordo, no início da relação: não falar do passado, não projetar o futuro. Eu a cumulava de presentes, ela sorria com ternura. Não me amava, mas gozava, e bem. Faria vinte e oito anos, aparentava dezenove. Culta e refinada, Helena sabia que a vida é só um voo de colibri, e que nem todas as flores têm néctar abundante. Um dia, eu pensava, encontraria um homem de sua idade e voltaria a ser feliz. A mim, me bastava ter sido o cascalho em seu caminho. Ao menos, ela teria evitado a lama nos pés. Eu não tinha mais idade para ilusões românticas. Colhia o dia com ambas as mãos e a acariciava com a suavidade do vento.

— Estou grávida — ela me disse, sete meses depois.

Chorei, chorei bastante, eu não imaginava que seria pai outra vez. Considerava a experiência encerrada com o advento de Mariana. Enxuguei as lágrimas e a convidei a morar comigo.

— Prefiro um apartamento novo — ela me disse, com a secura e dignidade que herdou do pai fazendeiro, que vive ainda na Banda Oriental do Uruguai, migrado do País Basco, lúcido e feroz, com mais de noventa anos.

Helena encontrou este, no Alto Petrópolis, com boa orientação solar, na rua silenciosa em que vivemos agora. Dois andares e meio, sala de visitas e de jantar, banheiros, cozinha e dormitórios; gabinetes e biblioteca, um pavimento acima, de onde contemplo a cidade, com a ridícula sensação de que me pertence, e de onde vasculho o passado, que se esconde entre as teclas do computador. Na cobertura, o deque com piscina, que não utilizo, e o gramado artificial, onde brinco, às vezes, com Isabela.

— Chega de lamber a cria — disse-me a enfermeira, depois que enxuguei Isabela dos líquidos e gosmas da placenta que ainda a envolviam.

Nasceu miúda, mas saudável. E eu me tornei um pai dedicado, absolutamente responsável. O infortúnio é um erro de cálculo, dizia Pérsio, plagiando não sei quem. O infortúnio é um erro de cálculo e também uma questão de sorte. Talvez por isso eu seja tão obsessivo com a segurança das minhas filhas. Quando nos hospedamos em hotéis ou pousadas, ou na casa de familiares e amigos, vasculho fios desencapados, escadas perigosas, móveis com arestas pontiagudas, janelas sem proteção. O mundo foi planejado somente para os adultos. A sobrevivência das crianças é um milagre. Eu próprio me surpreendo de ter chegado praticamente ileso à idade em que estou, com exceção de algumas escoriações, fraturas e cicatrizes.

Fraturas e cicatrizes que, em tardes pesadas como esta de hoje, latejam sem piedade. Amanhã, vem temporal. Meu avô paterno, que sofria de um reumatismo implacável, e que eu herdei, ensinou-me, pelo deslocamento das nuvens, sua direção e velocidade, a vaticinar aguaceiros e temporais com três dias de antecedência. Um dia, sentado às margens do Rio Iowa, no meio-oeste dos Estados Unidos, ouvi de um índio, em inglês, "Don't push the river", o que meu avô dizia em português: "Não empurre o rio". Eu queria, naquelas tardes estrangeiras, que o tempo passasse mais depressa. Mas o tempo só passa depressa quando se está feliz. E era quando devia ser lento, espesso, paquidérmico. Não adianta empurrar o rio. Eu gostaria de ver Isabela adulta, salva dos perigos que rondam a infância e a adolescência, mas terei de esperar e de protegê-la. Felizmente, não tive filhos, como Dante, meu pai.

A imagem de Beatriz, a deslizar sem peso pelo quarto de hospital, seu sorriso beatífico, ou ignorante, seu vestido puído, retornava a minha memória, obsessivamente. Como um neurótico, eu elaborava variadas teorias, revisava-as, alterava-as, construía novas hipóteses, refutava-as, tornava a refundi-las. Ora inclinava-me por uma resposta, ora por outra. Emagreci, tornei-me irritadiço, reagia até com impaciência às tentativas de Isabela de fazer-me sorrir.

— Ariosto, ou tu retornas a tua terra natal e resolves isso — me dizia Helena —, ou quem vai viajar ao Uruguai somos nós, Isabela e eu. E não vamos voltar.

Helena tinha razão, eu precisava enterrar os meus mortos, aquietá-los, para que eu próprio encontrasse a paz. O que me impediu por tanto tempo de fazê-lo, eu o percebo agora, foi a intuição de que a verdade seria ainda mais dolorosa do que eu a imaginava. O homem de meia-idade podia compreender, e perdoar, o jovem colono libidinoso, mas jamais seria capaz de calcular as consequências daquele desvario momentâneo, executado sob um céu indiferente, mas iluminado pela Via Láctea. Trinta e cinco anos depois, e depois de fugir como um amaldiçoado, o advogado zeloso teve que ouvir, com espanto e nojo, a confissão de Arlindo, que não o desculpava do incesto, mas o tornava responsável por um crime ainda mais grave.

Não tenho palavras para descrever o que senti depois de meu encontro com Arlindo. Hoje, eu o mantenho numa clínica geriátrica, aqui em Porto Alegre, mas não o visito. Helena e Mariana fazem isso por mim. Aliás, o carinho das duas, as brincadeiras de Isabela, as longas caminhadas pelo bairro, as minhas leituras, a escritura deste memorial e as aulas na Universidade é que vão compondo a tela de proteção contras as atrações do abismo que ainda me assombram.

9

Frases de efeito sobre viagens e viajantes podem ser encontradas com facilidade em poemas, contos, novelas e romances. Na internet, encontram-se até antologias de citações. Filosóficas, algumas. Rasteiras, pedantes e simplórias, outras. Também fiz as minhas tentativas, mas resolvi não apresentá-las aqui. Ridículas, como aquela pintura da minha família que Helena tornou invisível.

Diante do fracasso retórico com que abrir este capítulo, ficarei com o banal, com a simples descrição do ato de viajar e suas circunstâncias.

Viajei de automóvel, apesar da distância e do calor. O acelerador ajudou a encurtar a primeira; e o ar-condicionado, a segunda. Já não me recordo o que pensei ou imaginei durante o trajeto, nem sei quantas horas levei para percorrer os quinhentos quilômetros. Teria sido mais cômodo ir de avião até Santo Ângelo ou Santa Rosa, mas aí eu dependeria de táxi, ou de locadora de veículos. Detive-me várias vezes, em postos de gasolina, em restaurantes de beira de estrada. Não poucas vezes recordei-me de Pérsio, de suas tiradas inteligentes e sintéticas. Quando o sol descia, ele estacionava o caminhão num posto de gasolina, ou me mandava fazê-lo, se porventura era eu ao volante, e dizia algum gracejo, contava uma piada escabrosa. Na estrada, exigia silêncio e concentração. O infortúnio é um erro de cálculo, ele repetia. Basta um segundo, e não se tem tempo de desviar da tragédia. Luís da Silva devia estar na direção, quando bateram no ônibus, na Bahia. Depois da janta, Pérsio apanhava um livro ou revista e lia durante mais de uma hora. Aos poucos, eu, que não sentia prazer nisso, comecei a ler também, para não ficar sem ter o que fazer. Com as minhas filhas, anos depois, utilizei o mesmo método. Jamais recomendei que lessem. Elas o fizeram pelo exemplo, sem discurso, sem imposições. A vida de Pérsio também daria um filme, ou um bom romance. Qualquer vida, se descrita com talento, pode se transformar em obra de arte, concluo agora. A questão, sempre, é *o que* contar, e *como* contar, com que linguagem. É simples, mas é o simples que é difícil.

Às vezes, no meio do caminho entre Porto Alegre e Pau-d'Arco, eu estacionava e contemplava a paisagem, que em nada difere dos acidentes geográficos dos Estados Unidos e da Europa. O que muda, numa viagem, é o ânimo. E a máquina fotográfica — eis, enfim, a *minha* frase de efeito.

O vilarejo que eu deixara em 73 era agora uma cidade de pequeno porte, com ruas asfaltadas, prédios de vários andares, sinaleiras e trânsito mal-educado. A globalização trouxera os caixotes de cimento e vidro, as bugigangas produzidas na China, os automóveis importados, os celulares com GPS (que, afinal, meus conterrâneos poderiam perder-se em tão avantajada metrópole) e as colonas siliconadas. As amigas de Helena, elegantes em seus vestidos de marca, perfumadas como roseiras em flor, balançariam a cabeça com desdém, murmurando:

— Ridículo.

O problema do pobre, quando se veste bem, quando se enfeita, é que ele fica com aquele ar de boneco de presépio, se movimenta sem naturalidade e trai o próprio deslumbramento com as repetidas olhadelas que dá a si mesmo nos espelhos e nas vitrines. O rico, como um molusco, já traz, organicamente, a elegância às costas. Em casa, utilizo o banheiro da empregada, onde me sinto mais cômodo. São necessários vários polimentos e, às vezes, várias gerações para se disfarçar as ranhuras numa mesa tosca. Um compensado laminado até pode imitar a madeira de lei, mas não tem equivalência de peso.

Se eu dissesse que havia espanto em meu olhar (eu ainda estava sentado no automóvel e via os meus próprios olhos no espelho retrovisor), estaria mentindo. Visitava cidades do interior com frequência, por conta das atividades do escritório, e também para palestras em faculdades, e constatava que o desenvolvimento econômico havia, enfim, chegado ao campo. Espanto teria sentido o jovem colono, que conheceu escada rolante e tantas outras coisas aos vinte anos, quando desceu de um caminhão em São Paulo. Lá, estacionado diante da prefeitura de Pau-d'Arco, não pensei nisso, mas eu o penso agora. Sou um dinossauro. Um dinossauro sobrevivente. A minha geração viu as mais extraordinárias transformações sociais, políticas, econômicas e comportamentais da história humana, provavelmente. Creio que nem no princípio da revolução industrial isso tenha acontecido. Não é por acaso que sobreviveram não os mais fortes, mas os mais flexíveis, os que foram capazes de adaptar-se aos novos ventos. A casa da colina era ainda um símbolo da antiga ordem. Também por isso ela veio ao chão. Ou eu a destruía, eliminando da face da terra os seus vestígios, ou me transformava em espectro também, como Beatriz, a vagar entre os quartos vazios, a ampla cozinha, a despensa, o pomar, o chiqueiro e a tapera.

Escondi-me no primeiro hotel que encontrei, decidido a regressar a Porto Alegre no dia seguinte, assim que eu me sentisse em condições físicas de enfrentar a estrada outra vez. Sequer circulei pelo centro da cidade, como sempre faço quando chego a lugares diferentes. Sabia exatamente o que encontraria: sorveterias lotadas de jovens barulhentos, automóveis estacionados com as portas abertas e o volume dos aparelhos de rádio no nível máximo, parelhas de mulheres fáceis à cata de representantes comerciais e velhotes fingindo exercitar-se nas praças frequentadas por adolescentes. Quando penso na decadência da civilização ocidental, compreendo a reação dos fundamentalistas...

— Reacionário — exclamou Helena, quando comentei que o seu decote, num vestido, andava um pouco exagerado.

Na manhã seguinte, entre um pedaço de mamão e uma xícara de café, julguei que não fazia sentido retornar assim, intempestivamente, sem fazer em Pau-d'Arco o que eu havia me proposto. Mas o que era, mesmo, que eu viera fazer ali, depois de trinta e cinco anos de ausência? Atender a um pedido de Beatriz (mas ela não fizera pedido algum)? Obedecer a uma ordem peremptória de Helena, que achava que o meu humor andava insuportável e que eu devia zerar o passivo com minha própria história?

— Se você quer ser feliz — disse-me Pérsio, enquanto tentava acender o fogareiro com que aquecíamos a comida na estrada —, nunca olhe para trás. O que passou, passou. Está morto e enterrado. A vida é como relógio, só anda para frente.

Se eu tivesse dado ouvidos à sabedoria do caminhoneiro, não estaria aqui agora, seria um advogado feliz, e este livro não seria necessário.

Se tudo estava mudado, e a cidade, irreconhecível, o caminho que levava à casa da colina ainda devia ser o mesmo, pensei. Trinta e cinco anos — e a estradinha de chão batido estava lá, com a mesma poeira, as mesmas curvas, os mesmos cascalhos nos aclives mais íngremes. Pelo visto, a globalização não era para todos.

Poupo os meus leitores do reencontro, da choradeira, das muitas horas de chimarrão e conversa. Sintetizo — que ninguém mais tem paciência nem tempo para narrativas intermináveis.

— Nessa varanda — eu disse —, nos sentamos, os onze filhos, mais Beatriz e Dante, para a foto (que depois seria transformada naquela pintura ridícula que está escondida atrás de um móvel na sala da minha casa, em Porto Alegre).

— Onze? — perguntou a mulher de Valdir.

— Sim — meu irmão atalhou —, o Lírio já tinha ido embora.

— A mãe exigiu que ele também aparecesse na pintura, mesmo ausente. Por isso, foi retratado mais jovem, a partir de uma foto antiga, três por quatro, que andava perdida num fundo de gaveta — acrescentei.

— E esse aqui — havia me perguntado Helena, em Porto Alegre, muito tempo antes, colocando o dedo sobre o rosto de Lírio —, não devia estar posicionado na outra fileira?

Até o pequeno desajuste espaço-temporal serviu de argumento para o exílio do quadro, já narrado em outras páginas.

— Todos nós pensamos que tu estavas morto — Valdir disse, ingressando na área mais pantanosa.

Comprei de meu irmão as terras da família e a casa da colina por contrato, por conta dos impedimentos legais para exarar-se a escritura. Sem cadáver, não há certidão de óbito. Sem certidão de óbito, há óbice para as tramitações burocráticas. Do ponto de vista de nosso atual Código Civil, considera-se ausente a pessoa que deixa o seu domicílio, sem notícias suas, sem representante ou sem procurador que lhe administre os bens. Meu irmão comprou, ao longo dos anos, também por contrato, o que cabia aos outros por herança, na ausência de Dante. Quando regressei, e depois de ouvir a confissão de Arlindo, adquiri os bens móveis e imóveis que pertenceram a nossos pais. Tomei o cuidado de conseguir uma boa propriedade rural para assentar Valdir e sua família no Rincão dos Bugres, a poucos quilômetros de distância de Pau-d'Arco, para que não acontecesse dele aplicar mal o dinheiro e engrossar o contingente de sem-terra no estado. Um irmão, outros parentes, primos, sobrinhos já andam sob barracos de lona nos acampamentos; outros incrementam as estatísticas de subemprego urbano em vários estados da federação. Laura contou-me que um filho de sua filha, cujo nome agora me foge, envolveu-se com tráfico de drogas e está preso em Santa Catarina. Não declarou taxativamente, mas sugeriu que algumas descendentes do clã, minhas sobrinhas, exerciam a mais antiga das profissões. Luísa, que alternava surtos de profunda depressão com euforias alucinantes, frequentou também a zona do meretrício. Um dia, sem se despedir de ninguém, abandonou a cidade para nunca mais ser vista.

Depois da abertura da sucessão provisória, um juiz pode declarar um procurador provisório. Legalmente, é o que sou. Hoje, Dante teria mais de oitenta, e como há trinta e cinco anos não se tem notícias suas, a conversão da sucessão provisória em definitiva é só uma questão de tempo. Então, sim, poderei dizer com todas as letras que aquelas terras me pertencem, e que as minhas filhas as herdarão. Por enquanto, tarda a Lei.

Nas semanas em que me demorei na cidade, remeti dezenas de e-mails para Helena. Cheguei a pensar em utilizá-los como artifício de construção desta obra. A cada capítulo, poderia intercalar uma daquelas mensagens, quebrando a linearidade estrutural e a unidade narrativa. Desisti — considerei o método antiquado, embora novo o suporte. E também julguei inconveniente expor textos de expressão privada, espontâneos e sinceros. Uma das coisas que mais me irritam na arte contemporânea é o seu excesso de realismo. E se todos os artifícios já foram usados — originais achados ao acaso, cartas encontradas em velhos baús —, que siga eu sem muitas pirotecnias, amparado apenas na minha própria retórica. Se a ideia é ser romancista, que o seja com escassos recursos, mas com o máximo de empenho.

Reli as mensagens, mantidas na caixa de itens enviados de meu computador portátil. Encheriam muitas páginas deste memorial. Vivesse antes da Convenção de Berna, que estabeleceu a proteção legal das obras literárias e artísticas, talvez eu me animasse a fazer também um cartapácio por simples interesse pecuniário. Sem legislação sobre direitos autorais, os escritores recebiam por páginas produzidas. As amantes e as dívidas de jogo explicam o alento de muitos romances do passado. Como dizia Pérsio, se olharmos bem, sempre podemos ver as notas de dinheiro escondidas embaixo das coisas. Hoje, escrever calhamaços parece-me um equívoco e um anacronismo. Se um autor não consegue produzir uma boa história em cem páginas, não será com seiscentas ou setecentas que o fará, e a chance de ser jogado a um canto será diretamente proporcional a sua verborragia.

Além disso, se alguém criticar a brevidade deste relato, retrucarei que aos nascidos em Pau-d'Arco está vedado o fetiche do tamanho.

10

Passei três dias e três noites na casa da colina, depois que Valdir e a família fizeram a mudança. Não permiti que levassem os móveis, que foram quebrados a marretadas e consumidos pelo fogo, mas eles carregaram no caminhão de mudanças os quadros (menos aquele que guardo até hoje), as fotografias, os bibelôs, as louças de porcelana, os pratos de alumínio, as panelas de ferro, os talheres e todos os demais objetos que compõem um lar e que não pretendo enumerar aqui.

O tempo de minha ausência brotava na casa inteira, como as orquídeas nos troncos das árvores indefesas. As calçadas afundavam, as paredes deixavam cair o reboco, o chão de tábuas (que Beatriz mantinha sempre reluzente) apodrecia, o piso do corredor interno, que ligava o núcleo principal à varanda e à despensa, quebrava-se e perdia a sua antiga cor avermelhada. A corda, a roldana e a manivela do poço haviam sido substituídas por um cano de plástico e um motor elétrico. As persianas, que antes vedavam a luz, agora estavam esburacadas. Casas e corpos, como tudo sobre a terra, compartilham a mesma corrupção lenta e irreversível e geram uma inevitável e dolorosa sensação de náusea quando contemplados. As frutas que a esposa de Valdir (dou-me conta agora que sequer perguntei-lhe o nome) deixara numa travessa sobre a mesa, com esse cuidado silencioso e persistente que só as mulheres têm, começavam a apodrecer. As manchas moles e escuras já se espalhavam sobre a casca lisa das maçãs e das bananas e atraíam as indefectíveis moscas.

— A mãe chorava e dizia que não queria morrer sem te ver uma última vez — disse-me Valdir.

— E o Lírio?

— Assim que ele soube da doença, veio visitá-la.

Olhei para as frutas, olhei para o chão, onde as tábuas, sem a diligente manutenção de Beatriz, já inchadas e doentes, se deterioravam. Minha mãe deixou a casa da colina uma única vez, para o internamento hospitalar. Tinha o coração frágil, de tantos partos e sofrimentos, e não resistiu por muitos dias após a cirurgia para a extração de um câncer.

Durante três dias e três noites, eu vaguei pela casa vazia, esperei na varanda iluminada pela luz da lua, enfiei-me na despensa que já perdera os seus odores, caminhei no pomar abandonado, visitei o que restava da tapera, os quatro cepos sobre os quais se assentava a velha casa de madeira, certo de que, a qualquer momento, o espectro de Beatriz apareceria de novo. Sentado no sofá da sala, manchado e rasgado, cujas molas espetavam sob o forro, aguardei que ela retornasse para contar-me novas histórias de assombração.

Cansado, sem banho, faminto e quase enlouquecido, compreendi que havia apenas uma saída do labirinto em que eu me metera: destruir a casa. E eu precisava fazê-lo sozinho, sem a ajuda de empreiteiros, com as minhas próprias mãos.

Subi à cumeeira e, encarapitado sobre o cavalete de telhado, arranquei a primeira telha e joguei-a no chão do pátio, onde, em tardes perdidas, esperávamos a *fresca* antes de partirmos para as lavouras de milho e soja, e a peça de barro cozido espatifou-se com um ruído seco, que me fez pensar na respiração dificultosa de Arlindo, meu irmão.

— Não posso morrer com isso aqui dentro, martelando dia e noite. Às vezes, eu acordo ainda com os berros do pai. Quando nós o arrancamos da cama, ele compreendeu que ia morrer e começou a gritar o nome da mãe, da Luísa, da Laura, da Lenita, da Márcia, do Lírio e até o teu, Ariosto, até o teu...

Depois das telhas, arranquei as ripas de sustentação com um pé de cabra que encontrei no baú de ferramentas, desmanchei as tesouras, os barrotes e o forro. Para desfazer uma casa sem o uso de máquinas é preciso iniciar pelo alto.

E para desfazer os erros do passado, como se faz?

— Era moço, o pai, e forte. Lutou muito, só parou de dar socos, pontapés e cabeçadas quando enfiei a faca de matar porco no coração dele — disse Arlindo.

Quem, sob o sol implacável e abrasador, pode considerar-se inocente neste mundo de Caim? Atrás da Porta da Lei não existe um crime a escorá-la? Marx, em texto de 1826, demonstrou o quanto o criminoso é útil à sociedade. Sem ele, não teríamos os manuais de direito, as faculdades, os professores, os funcionários, as prisões, os agentes penitenciários, os advogados, os promotores, os juízes, os romances policiais, as novelas autobiográficas, as editoras, os distribuidores, os livreiros e os escritores.

— No sábado, a mãe e as gurias tinham saído para visitar a avó. Partiram de madrugada, a pé, e só voltariam à noite. Para disfarçar a sangueira, matamos também um porco. Quando elas chegaram, as linguiças estavam prontas, as carnes retalhadas.

Luísa perguntou onde o pai estava e o Sétimo fingiu: "Ué, ele não foi com vocês?".

Levei alguns dias para destruir tudo e, quando regressei a Porto Alegre, ainda sentia os braços e as pernas doloridos. Dos efeitos da empreitada já me livrei, mas não da culpa e da saudade. Daqui, do alto deste gabinete refrigerado, protegido pelo carinho de Helena e das minhas filhas, posso compadecer-me de meu próprio desespero, mas ainda não consegui livrar-me do horror. Se eu fosse Joseph Conrad, escreveria *Darkness on heart*[11], mas calhou-me o destino de ser apenas Ariosto Ducchese, advogado e professor.

Numa noite inconsequente, engravidei minha própria irmã. Arlindo e Sétimo, enfurecidos, exigiram que ela denunciasse o agressor:

— Foi o pai — ela disse, para proteger-me.

Por algum motivo, imaginou que isso fosse menos grave que declarar meu nome. Imaginou, talvez, que diante da autoridade paterna, eles não buscassem vingança. Como eu, ela também ouvira Arlindo dizer que mataria o primeiro que a desrespeitasse. Respeito — todos nós sabíamos — manifestava-se em véu e grinalda, igreja, cartório e festa de casamento.

Acaso? Destino?

Aquele meu primeiro crime, como nos jogos de bocha que fazíamos no pátio da casa da colina, gerou a reação em cadeia que repercutirá para sempre — um parricídio cometido por seis irmãos, a ocultação de um cadáver, um aborto e uma infecção, seguidos do desequilíbrio psíquico de uma adolescente indefesa.

Na longa viagem noite adentro, antes dos copos de vinho que trouxeram a verdade à tona, Lenita, com quem Arlindo morava numa viela escura de Pau-d'Arco, serviu-nos um assado de porco.

Comi à vontade e estranhei que meu irmão não tocasse na carne.

---

[11] Quando fui corrigir o título da obra do autor polonês, entendi a sofisticada ironia de Ariosto. (N. do E.)

— Por que não comes um pedaço? — eu perguntei, lambuzado com a costeleta que tinha entre os dedos da mão direita.

— Porque porco come qualquer coisa — ele respondeu.

Sem querer, o parricida levantou o véu que encobria o completo desaparecimento do corpo de Dante Ducchese, meu pai, meu querido pai, que pagou pelo incesto que eu cometi.

ANEXO

Eu, Chanun Katan, editor de Ariosto Ducchese, não permiti que ele utilizasse um conto de Charles Kiefer como anexo a esta obra. O conto, "A arara vermelha", encontra-se publicado em http://rascunho.gazetadopovo.com.br/a-arara-vermelha/

Segundo Charles Kiefer, em documento que se encontra em minha posse, Ariosto Ducchese, num jantar beneficente para arrecadação de fundos à Kinder — Centro de Integração da Criança Especial, contou-lhe a história da viagem ao Paraguai.

"Posso escrever um conto sobre isso?", teria perguntado o escritor ao advogado.

"Claro", respondeu o outro.

Como testemunhas, presentes à mesa no referido jantar, o escritor apresenta Marta Helena Tejera, Bárbara Fyshinger, Solimar Amaro, Fábio Gomes e Clarissa Porto Alegre Schmidt, que darão fé em caso de disputa jurídica sobre direitos autorais.

Para consultar nosso catálogo completo e obter mais informações
sobre os títulos, acesse www.dublinense.com.br.

dublinense

Este livro foi composto em fontes Arno Pro e News Gothic e impresso
na gráfica Pallotti, em papel pólen bold 90g, em novembro de 2014.